Société des Études locales dans l'Enseignement public

GROUPE DE TARN-ET-GARONNE

Contes Populaires

PREMIÈRE SÉRIE

CONTES DE LA VALLÉE DU LAMBON

Recueillis par la SOCIÉTÉ TRADITIONNISTE DE COMBEROUGER

Traduits par M. Antonin PERBOSC

Bibliothécaire de la Ville de Montauban

MONTAUBAN

PAUL MASSON, LIBRAIRE-ÉDITEUR

Rues de la République et Saint-Louis

1914

CONTES

DE

LA VALLÉE DU LAMBON

La *Société des Études locales dans l'Enseignement public*, dont le siège est à Paris, 41, rue Gay-Lussac, a pour objet d'encourager les études d'intérêt local et l'adaptation des résultats de ces études à l'enseignement, dans l'esprit de la circulaire ministérielle du 25 février 1911.

Le groupe de Tarn-et-Garonne, formé en 1913, a publié :

I. **Saint-Antonin,** *pages d'histoire,* par M. Robert Latouche, archiviste départemental de Tarn-et-Garonne. Un vol. in-16 de 92 p.......... 1 fr. 25

II. **Contes de la Vallée du Lambon,** recueillis par la *Société traditionniste de Comberouger,* traduits par M. Antonin Perbosc, bibliothécaire-archiviste de la ville de Montauban. Un vol. in-16 de xvi-96 p....................... 1 fr. 50

Société des Études locales dans l'Enseignement public

GROUPE DE TARN-ET-GARONNE

Contes Populaires

PREMIÈRE SÉRIE

CONTES DE LA VALLÉE DU LAMBON

Recueillis par la SOCIÉTÉ TRADITIONNISTE DE COMBEROUGER

Traduits par M. ANTONIN PERBOSC
Bibliothécaire de la Ville de Montauban

MONTAUBAN

PAUL MASSON, LIBRAIRE-ÉDITEUR

Ruos de la République et Saint-Louis

1914

PRÉFACE

Des idées qui nous paraissent nouvelles sont souvent très anciennes. Ainsi, il y a longtemps que des instituteurs méridionaux ont compris quel parti on peut tirer des parlers locaux pour l'enseignement du français, et il en est aussi qui ont reconnu la nécessité d'enseigner aux enfants les éléments essentiels de l'histoire de la commune et de la région, en les rattachant aux faits principaux de l'histoire nationale.

Georges d'Esparbès a conté[1] comment il passa une partie de son enfance dans une « petite école » dirigée par un de ces maîtres dont la figure méritait bien d'être fixée. « La simple sagesse d'un brave homme plutôt professeur de vie qu'enseigneur de livres » n'a certainement pas été sans influence sur l'écrivain qui nous a donné tant de belles pages évocatrices de notre terre et de uos traditions.

Ah ! ce n'était pas une école de « déracinés », cette « petite école » !

« Nous n'y apprenions guère qu'à grandir et qu'à aimer vivre ; ainsi les choses à savoir venaient à nous sans qu'il fût besoin de courir à elles... Mais ce que nous savions, nous le savions bien... »

Le matin, le maître jardinait. « Nous l'aidions. Les

1. *La Petite École.* (*Le Journal* du 10 mai 1899.)

"

grands l'écoutaient parler sur les plantes... *Faut pas de neige en février, car elle brûle le blé*, disait-il. — Ou bien : *Le vent nettoie le froment.* — Et encore : *Mars venteux marie la fille du laboureur*, voulant dire par là que c'était la moisson qui paierait la dot... La matinée se passait à écouter des histoires que je me suis toujours rappelées avec émotion... Nous apprîmes un peu de géographie générale; nous savions imparfaitement ce qu'étaient Hugues Capet et Louis XVI et ce qui s'était dit au traité d'Utrecht, mais aucun de nous n'ignorait où étaient nés nos ancêtres, et ce qu'ils avaient fait de bien ou d'héroïque. Le souffle de l'histoire locale emportait nos âmes légères, ténues et inconsistantes comme des flocons de pissenlits; nous nous envolions. nous nous envolions, et après avoir vogué dans la légende, le maître nous expliquait les causes de tant de gloire, la méthode, l'ordre passionné de l'esprit latin, les traditions et les coutumes. Le moindre d'entre nous vivait dans sa race, s'y développait comme une fleur dans son climat propre; ces mystères nous étaient expliqués par des images, des contes empruntés à notre infime existence, à l'histoire de nos familles, à la terre, aux hommes... Il y avait des jours où le maître nous emmenait aux champs et priait les campagnards de nous expliquer la moisson, la fauchée, le bottelage, les divers travaux de l'Épi... « Monsieur » laboura un jour devant les classes, son sillon fut net comme une règle... »

La figure de ce vieux maître, qui aimait à dire : « On n'est propre à servir la France que si l'on aime bien sa province », ne serait-il pas désirable de retrouver quelques-uns de ses traits sur la figure des maîtres d'aujourd'hui?

Une telle école serait-elle seulement l'idéal d'un poète comme Georges d'Esparbès? Non. S'adressant à des instituteurs lorrains, un ancien ministre de l'Instruction publique (M. Raymond Poincaré) leur disait : « Apprenez-leur, à ces écoliers, apprenez-leur, dès l'âge le plus tendre, à regarder, à comprendre, à aimer leur terre natale. Ne les laissez pas passer indifférents ou aveugles dans les rues de leur village ou de leur petite ville. Dites-leur l'histoire de leur cité et de leur province, en même temps que celle de leur patrie. » Parlant du traditionnisme, Gaston Paris disait, dans un discours prononcé à la Sorbonne, au sujet des recherches de cet ordre : « Vous trouverez à cette tâche, pour peu que vous vous y livriez avec simplicité de cœur, un attrait qui vous la rendra de plus en plus chère. Vous serez étonné de ce que vous découvrirez de charmant ou de curieux dans ces vieilleries dédaignées; vous pourrez y prendre, même d'un art très élevé, un sentiment tout nouveau, qui n'est pas étranger à l'inspiration des plus grands maîtres; vous y surprendrez, au milieu de bien des grossièretés et des vulgarités, des délicatesses que vous ne soupçonniez même pas, et plus d'une fois vous serez émus et ravis d'entendre, dans ce qui vous semblait d'abord un gazouillement enfantin ou même un balbutiement informe, d'entendre vibrer l'âme même, la vieille et toujours jeune âme de notre chère France. »

En publiant ces contes populaires, la *Société des Études locales* recueille en partie l'héritage d'une autre société, qui n'a pas beaucoup fait parler d'elle et qui s'est éteinte après neuf années d'existence. D'existence active. Aussi ce qui reste d'elle, ce ne sont pas seulement ses statuts, mais son œuvre et son exemple, qui, grâce à ce petit livre, ne seront pas tout à fait perdus.

C'est dans une petite commune de 350 habitants que je fondai, en 1900, une *Société traditionniste* scolaire dont l'histoire mériterait peut-être d'être contée; mais il y a beaucoup de raisons pour que l'ouvrier évite de parler de soi et de son œuvre. Cette histoire sera tout au moins résumée brièvement dans les notes documentaires qui suivent.

Ce que je tiens à dire ici, c'est que le meilleur souvenir que je garde de ma vie d'instituteur est celui des quinze années passées dans ce petit village mi-languedocien, mi-gascon, où, plus que partout ailleurs, s'est révélée à moi l'âme du peuple en ce qu'elle a de plus intime et de plus charmant.

O mes chers traditionnistes, fillettes et garçons qui avez maintenant grandi, je vous revois tous en relisant ces contes que vous contiez si bien (que ne puis-je mettre en ces pages l'inflexion de vos voix perpétuant fidèlement celle des voix anciennes qui, de génération en génération, ont redit ces mêmes récits aux petits enfants!) et voulez-vous savoir à quoi je songe? A cette formulette douce et triste que vous connaissez bien — et qui est connue, non seulement dans tout le Midi, mais hors de France, puisqu'un poète anglais[1] s'en est inspiré dans une

1. Wordsworth.

de ses œuvres, — à ces six vers mystérieusement
émouvants même pour les enfants qui les répètent
sans pouvoir en saisir le sens profond :

> *Margarideto dou pèu rous,*
> *Quants de mainages auètz-vous ?*
> *— Cinc à la guèrro,*
> *Cinc debat tèrro,*
> *Cinc à la hount :*
> *Coumptatz-les pla, que quinze soun.*

(Margueridette aux cheveux blonds, combien d'enfants avez-
vous? — Cinq à la guerre, cinq sous la terre, cinq à la fontaine :
comptez-les bien, quinze ils sont.)

Vous, écoliers d'hier, où êtes-vous maintenant?
Hélas! deux d'entre vous sont déjà « sous la terre »;
sept sont soldats, et demain, peut-être, ils seront vraiment « à la guerre ». Vous, écolières, qui
êtes maintenant d'alertes et vaillantes ménagères,
quelques-unes des mamans, vous êtes plus de cinq
qui allez « à la fontaine » ou qui, comme dit une
variante de la formulette, « gardez la maison »,

> *Cinc que me gardon la maizoun.*

Oui, vous surtout, vous « garderez la maison »,
je veux dire la tradition de votre race, et grâce à
vous les contes et les chansons des lointaines aïeules
refleuriront sans fin sur les lèvres des enfants.

ANTONIN PERBOSC,

Instituteur honoraire,
Bibliothécaire de la Ville de Montauban.

31 Juillet 1914.

NOTES DOCUMENTAIRES

I. — La *Société traditionniste de Comberouger*, —
la première, à ma connaissance, qui ait groupé des
écoliers « dans le but de recueillir, dans la commune,
tout ce qui se rapporte à l'histoire et particulière-
ment au traditionnisme[1] », — fut fondée le 15 jan-
vier 1900.

Au cours de ses neuf années d'existence (1900-
1908), elle a compté 51 membres, — dont 29 garçons
et 22 filles, tous élèves des écoles publiques de
Comberouger, — dont le plus âgé est né en 1886 et
le plus jeune en 1901.

Il serait trop long de donner ici le programme des
travaux de cette Société. Au surplus, je préfère ren-
voyer les lecteurs que la question peut intéresser à
un ouvrage récent qui est un guide indispensable à
tout traditionniste : *Le Folk-Lore, littérature orale et
ethnographie traditionnelle*, par Paul Sébillot (*Paris,
Octave Doin*, 1913).

La nouvelle de la création d'une Société traditionniste *scolaire* fut accueillie avec une vive curiosité et
sans doute un certain étonnement par le *Congrès
des Traditions populaires* tenu à Paris en 1900, où
elle fit l'objet d'une communication de mon ami
Paul de Beaurepaire-Froment, le plus érudit et le
plus infatigable des traditionnistes et des régiona-
listes. Notre tentative présentait de l'intérêt à deux
points de vue :

1. Art. 2 des *Statuts*.

1° Il s'agissait de savoir si la nouvelle Société démontrerait par les résultats obtenus que des enfants de 10 à 13 ans peuvent apporter une sérieuse contribution, rendre de réels services à la science traditionniste. Il va de soi que les enfants ne connaissent pas tout le folklore ; mais ils connaissent au moins toute la partie de la littérature orale qui est faite *pour eux*, et c'est peut-être la plus grande part. C'est pendant l'enfance que la mémoire retient le mieux les récits de toute sorte entendus au foyer : n'y a-t-il pas toutes chances pour que les jeunes auditeurs les répètent, les écrivent sans aucune des altérations qu'ils y apporteraient peut-être plus tard ? D'autre part, recueillir le folklore en s'adressant à tous les enfants d'une école, n'est-ce pas le moyen de réunir toutes les versions d'un document populaire, qui se contrôlent et se complètent ainsi les unes les autres et, par conséquent, révèlent les altérations qu'ont pu subir certaines d'entre elles ? Voilà matière à gloser pour les folkloristes.

2° Une question non moins importante se posait : Quels résultats pouvait-on attendre de cette introduction du traditionnisme à l'école en ce qui concerne l'instruction et l'éducation ? En faisant connaître les choses locales, ne fait-on pas aimer le terroir ? Est-ce que les enfants dont l'esprit est éveillé par le folklore ne s'habituent pas ainsi à observer, à réfléchir ? Le folklore (*folk*, peuple, et *lore*, savoir, c'est-à-dire : le savoir du peuple) est l'encyclopédie scientifique, littéraire et morale formée par les générations : ne peut-il pas servir, autant par ses erreurs que par ses vérités, à donner aux enfants une idée émouvante de la marche de l'humanité vers le mieux, une idée vivante du progrès ? Enfin, au point de vue de l'instruction proprement dite, les exercices de composition, de comparaison de textes, de traduction, etc., n'offrent-ils pas autant d'utilité que d'intérêt? A ces questions répondront les éducateurs, et, pour une large part, ce recueil de contes répondra peut-être à ceux qui voudront bien l'interroger.

II. — Le tableau suivant contient la liste complète des traditionnistes qui ont collaboré au présent recueil, et la *table* du volume indique la part de collaboration de chaque conteur :

NOMS ET PRÉNOMS	DATE de naissance	LIEU DE NAISSANCE	PROFESSION	ADRESSE ACTUELLE
Laure Artigaud	1889	Comberouger.	ménagère	Comberouger.
Antonia Bedouch	1891	id.	id.	id.
Antonin Bimouat	1893	Sᵗ-Salvy (Bouillac).	soldat	Rodez.
René Bruguières	1898	Comberouger.	étudiant	Montauban.
Joseph Capelle	1896	id.	cultivateur	Comberouger.
Marie Clavet	1889	id.	ménagère	id.
Marguerite Delibes	1888	id.	id.	id.
Jules Fontanié	1880	id.	cultivateur	Montaïn.
Mathilde Gardes	1901	id.	»	Comberouger.
Victor Groc	1896	id.	cultivateur	id.
Jeanne Jouglar	1895	id.	couturière	Beaumont.
Maria Jouglar	1889	id.	repasseuse	Comberouger.
Gaston Labernade	1887	id.	cultivateur	id.
Alphonse Miquel	1890	id.	»	décédé en 1909
Jean Montaubric	1896	Escazeaux.	valet de ferme	Beaumont.
Germaine Nagrace	1893	Sᵗ-Jean (Beaumont)	couturière	Bouillac.
Marie Nagrace	1887	id	ménagère	id.
Pierre Sarraud	1893	Bouillac.	valet de ferme	Beaupuy.
Joséphine Thau	1891	Comberouger.	ménagère	Dicupentale.
Noël Thau	1895	id.	cultivateur	Comberouger.
Marie Tournié	1888	id.	couturière	Beaumont.

III. — Le Lambon est un petit affluent de la rive gauche de la Garonne. Il prend sa source dans la commune de Brignemont (Haute-Garonne); entre bientôt dans le département de Tarn-et-Garonne, où il traverse quatre communes : Gariès, Bouillac, Comberouger et le Mas-Grenier, et se jette dans la Garonne près du chef-lieu de cette dernière commune, après un cours total de 20 kilomètres environ.

Les seules agglomérations situées dans la vallée du Lambon sont Gariès, Saint-Salvy (commune de Bouillac), Comberouger et le Mas-Grenier. C'est à Comberouger et à Saint-Salvy, situés à peu près à égale distance de la source du Lambon et de son confluent avec la Garonne, qu'ont été recueillis la plupart de nos contes ; mais quelques-uns proviennent d'Escazeaux et de Beaumont-de-Lomagne, et d'autres ont été recueillis dans des familles venues d'outre-Garonne et même d'outre-Tarn.

La vallée du Lambon offre cette particularité qu'elle marque à peu près, sur toute son étendue, la limite où se mélangent plutôt qu'ils ne se séparent deux des grands dialectes occitans : le languedocien et le gascon. A ce titre, les textes originaux de nos contes présentent beaucoup d'intérêt au point de vue linguistique. Pour les raisons qui viennent d'être signalées, on ne devra pas être étonné de la variété de la langue et du vocabulaire, qui se manifeste dans les divers récits et parfois même dans un récit pris isolément. Les textes notent fidèlement le parler local tel qu'il est devenu par une série d'évolutions à travers lesquelles s'est maintenue cependant une certaine unité, qui se remarque surtout dans les documents recueillis par les excellentes conteuses Marie Tournié et Maria Jouglar (*Soleillette, les trois Ruisseaux*, etc.).

Les conteurs ont employé quelques vocables archaïques qui ne survivent que dans le folklore et ne sont pas toujours actuellement compris, comme *baileto* (rive, berge), *mandro* (renard), *oubra* (œuvrer) ; ils ont employé en beaucoup plus grand nombre des formes bâtardes, mi-françaises, mi-occitanes, des mots français barbarement occitanisés : tous ces témoins de la maintenance ou de la déformation du langage ancestral ont été notés avec une égale fidélité, comme il convenait à une œuvre non félibréenne, mais purement folklorique.

Quant à la graphie employée, c'est la graphie traditionnelle de la langue d'Oc, présentée ici sous la forme usuelle adoptée aujourd'hui par la plupart des félibres languedociens et gascons. Elle ne constitue qu'une demi-restauration, mais elle a l'avantage d'être facilement intelligible pour tous les lecteurs.

IV. — Environ trente de nos contes ont paru dans diverses revues occitanes, catalanes ou françaises. Je citerai seulement le conte du *Fin Valet*, au sujet duquel il est nécessaire de faire les constatations suivantes.

La traduction française du *Fin Valet* parut dans la *Revue Méridionale* en novembre 1908 (23ᵉ année, p. 123). Quatre ans après, dans son numéro du 8 décembre 1912, *Mon Dimanche* publia, sous la signature de mon vieil ami Han Ryner, un conte intitulé : *Le Premier Gréviste*, dont la deuxième partie était la reproduction du *Fin Valet*. Il est intéressant de reproduire la note qui le précédait, ne serait-ce que pour signaler combien sont encore rares les critiques et les lecteurs qui savent distinguer un conte *populaire* d'un conte *littéraire* : « On sait qu'un groupe d'hommes de lettres... ont décerné à M. Han Ryner la couronne et le sceptre du « Prince des Conteurs »... Le très joli conte symbolique que voici donnera une idée très exacte de la « manière » du nouveau Prince, très savante et très personnelle aussi. » — L'auteur de ces lignes serait bien surpris en apprenant que la « manière » dont il s'agit est celle d'un très ancien conteur à jamais anonyme dont l'œuvre s'est perpétuée à travers les siècles jusqu'au jour où j'ai pu la

recueillir, en 1908, de la bouche de Jean-Marie Mon-
taubric, d'Escazeaux, aujourd'hui valet de ferme à
Beaumont-de-Lomagne.

Le folklore appartient à tout le monde, c'est en-
tendu ; mais beaucoup de gens ignorent qu' « il est
bien rare de trouver des contes dont les similaires
n'existent pas quelque part. S'ils n'ont pas été encore
notés, ils le seront bientôt, parfois à l'autre extré-
mité du globe[1] ». Si *le Premier Gréviste* n'avait pas
été présenté comme un conte *littéraire, écrit par Han
Ryner ;* s'il avait été publié avec indication de sa
source populaire, il n'y aurait eu rien à dire. S'il est
admissible qu'un écrivain utilise un document traditionniste pour une adaptation littéraire, par contre,
que faudrait-il penser du folkloriste qui pourrait être
soupçonné d'avoir tiré un conte populaire d'un conte
littéraire? Il serait à bon droit disqualifié. Le folkloriste, en effet, ne fait nullement œuvre d'écrivain : il
note fidèlement des traditions orales, exactement
telles qu'elles ont été conservées, avec ou sans dé-
formations, dans la mémoire du peuple, en s'effor-
çant « d'être aussi impersonnel que pourrait l'être
un phonographe ou un appareil photographique[2] ».
J'écrivis donc à Han Ryner pour lui exposer le cas,
et il me répondit par ces lignes, dont la publication
ici est, on le voit, indispensable :

« Paris, 9 avril 1913.

« Mon cher Ami,

« ... Pour mon *Premier Gréviste,* j'ai utilisé à la fois
votre *Fin Valet,* publié antérieurement dans la *Revue
Méridionale,* et une version catalane du même conte
populaire entendue sur les genoux de ma mère.

« Je n'ai pas les textes sous les yeux. Si mes sou-

1. Paul Sébillot, *Contes des Provinces de France,* préf., p. VIII.
2. Paul Sébillot, *Le Folk-Lore,* p. 12.

venirs sont exacts, la dernière partie du *Premier Gréviste* est très voisine du *Fin Valet*; mais la version catalane donne sur l'enfance du héros des renseignements qui m'intéressèrent et qu'ignore la version languedocienne.

« A vous bien cordialement,

« Han Ryner. »

Depuis sa première publication, *le Premier Gréviste* a reparu, avec quelques modifications, sous le nouveau titre : *le Valet récalcitrant,* dans un livre scolaire bien connu : *Lectures héroïques et Contes,* par P.-A. Dufrenne et Soulisse, page 31 (*Paris, Bibliothèque d'Éducation*), avec cette incomplète indication de source : « Conte catalan, recueilli par Han Ryner. »

A. P.

Contes de la Vallée du Lambon

Sourelheto

I auè, un cop, un ome e uno hemno qu'auèn un drolle que s'aperauo Bernadounet. Atchi que la hemno mouric, e l'ome se tournèc marida.

La nouvèlo hemno poudè pas veze le hilh de la pauro morto. Un se, quand estegon au lhèit, la mairastro dissec à soun ome :

« Sèu lasso de veze aquet drolle. S'ac minjo tout! Te le cau ana pèrde. »

Mès le Bernadounet, que droumè pas, ac entendec. Se n'anguèc trouba sa mairino e i dissec :

Soleillette

Il y avait, une fois, un homme et une femme qui avaient un garçon appelé Bernardinet. Voilà que la femme mourut, et l'homme se remaria.

La nouvelle femme avait en horreur Bernardinet. Un soir, quand ils furent au lit, la marâtre dit à son mari :

« Je suis fatiguée de voir cet enfant. Il mange tout! Il faut que tu ailles le perdre. »

Mais Bernardinet, qui ne dormait pas, entendit cela. Il s'en alla trouver sa grand'mère et lui dit :

« Menineto, le pai me vol pèrde.

— O be, men ! E be, te cau plena las pochos de calhaus, e, dins le temps que courreras, les samenaras un per un pou cami : atau te perderas pas e tournaras à l'oustau. »

L'endouma maiti, le pai dissec :

« Bernadounet, vau hè cauque hagot de lenho au bosc. Vos vengue damé jou ?

— Oui, pai. »

E partigon.

Quand estegon au mièit dou bosc, le pai dissec :

« Bernadounet, damoro-te atchiu ; vau cerca cauque estac, tournarè lèu. »

Le pai tournèc pas.

Mès le Bernadounet retroubèc les calhaus qu'auè samenats pou cami e tournèc à l'oustau.

Se metec enta la porto en d'escouta.

« Méninette, mon père veut me perdre.

— Oui, mien ! Eh bien ! il te faut remplir les poches de cailloux, et, pendant que tu marcheras, tu les sèmeras un par un le long du chemin. »

Le lendemain matin, le père dit :

« Bernardinet, je vais faire quelques fagots au bois. Veux-tu venir avec moi ?

— Oui, père. »

Et ils partirent.

Quand ils furent au milieu du bois, le père dit :

« Bernardinet, reste là ; je vais chercher des liens ; je reviendrai bientôt. »

Le père ne revint pas.

Mais Bernardinet retrouva les cailloux qu'il avait semés le long du chemin et retourna à la maison.

Il se mit près de la porte pour écouter.

Aquet se, la mairastro auè hèit un milhas. N'auèn
un brave sadout, e le pai dizè :

« A ! s'auiam le Bernadounet, minjaré pla un mos
de milhas. »

Le Bernadounet cridèc :

« Sèu aci, pai. »

Le hasquec intra e minja. Apèi, se n'anguègon au
lhèit.

Quand estegon au lhèit, la mairastro tournèc dize
à soun ome :

« A ! que sèu lasso de veze aquet drolle ! Douma,
tournaras le mena au bosc, e, aqueste cop, pèrd-le
coumo cau. »

Mès le Bernadounet, que droumè pas, ac entendec.
Se n'anguèc trouba so mairino e i dissec :

Ce jour-là, la marâtre avait fait un *milhas*[1] ; elle et
son mari s'en étaient bien rassasiés, et le père disait :

« Ah ! si nous avions Bernardinet, il mangerait
bien un peu de *milhas*. »

Bernardinet cria :

« Je suis ici, père. »

Il le fit entrer et manger. Puis, ils allèrent tous se
coucher.

Quand ils furent au lit, la marâtre se remit à dire
à son mari :

« Ah ! que je suis fatiguée de voir cet enfant ! Demain, tu retourneras au bois avec lui, et, cette fois,
perds-le comme il faut. »

Mais Bernardinet, qui ne dormait pas, entendit
cela. Il s'en alla trouver sa grand'mère et lui dit :

1. *Milhas*, bouillie de maïs.

« Menineto, le pai me vol tourna pèrde.

— O be, men! E be, sabes so que te cau hè per te pèrde pas e tourna à l'oustau. »

L'endouma maiti, le pai dissec :

« Bernadounet, vos tourna damé jou hè cauque hagot de lenho au bosc?

— Oui, pai. »

E partigon.

Le Bernadounet s'auè plenat las pochos de blat, e le samenèc gru per gru pou cami.

Quand estegon au mièit dou bosc, le pai dissec :

« Bernadounet, damoro-te atchiu ; vau cerca cauque estac, tournarè lèu.

— Me voulètz pèrde!

— Nou, nou, te voli pas pèrde. »

Le pai tournèc pas.

« Méninette, mon père veut encore me perdre.

— Oui, mien! Eh bien, tu sais ce qu'il te faut faire pour ne pas te perdre et retourner à la maison. »

Le lendemain matin, le père dit :

« Bernardinet, veux-tu revenir avec moi faire des fagots au bois?

— Oui, père. »

Et ils partirent.

Bernardinet avait rempli ses poches de blé, et il le sema grain par grain le long du chemin.

Quand ils furent au milieu du bois, le père dit :

« Bernardinet, reste là ; je vais chercher des liens, je reviendrai bientôt.

— Vous voulez me perdre!

— Non, non, je ne veux pas te perdre. »

Le père ne revint pas.

Alavets, le Bernadounet ensaijèc de retrouba soun cami; mès poudec pas : les auzèts auèn minjat tout le blat. E se metec à ploura, quand se vezec tout soul, perdut au mièit dou bosc.

Mountèc au cap d'un casse, e vic uno luts pla lènh, pla lènh. Anguèc de cap aquero luts, e arribèc à-m-un oustau.

Tustèc à la porto; uno hemno venguec dièrbe. Le Bernadounet i dissec :

« Me poudètz pas retira ?

— O! nou, pauret. Aci es l'oustau dou Drac : quand tournara, te minjaré.

— Lèichatz-m'intra. M'estujarè pla, e me troubara pas. »

Intrèc, e s'estujèc debat le lhèit.

Le Drac auè une poulido drollo que s'aperauo

Alors, Bernardinet voulut essayer de retrouver son chemin; mais il ne put pas : les oiseaux avaient mangé tout le blé. Et il se mit à pleurer, quand il se vit tout seul, perdu au milieu du bois.

Il monta au bout d'un chêne, et vit une lumière bien loin, bien loin. Il alla vers cette lumière, et arriva à une maison.

Il frappa à la porte; une femme vint ouvrir. Bernardinet lui dit :

« Ne pouvez-vous pas me retirer?

— Oh! non, pauvret. Ici, c'est la maison du Drac : à son retour, il te mangerait.

— Laissez-moi entrer. Je me cacherai bien, et il ne me trouvera pas. »

Il entra, et se cacha sous le lit.

Le Drac avait une jolie fille qui s'appelait Soleil-

Sourelheto. Dou temps que sa mai couzinauo, la Sourelheto anguèc trouba le Bernadounet e i dissec :
« Atchi as un rat : gardo-le-te, e quand le pai te
digue : « Mucho-me le petit digt, » i mucharas la
cuio dou rat. »
A la nèit, le Drac arribèc, e, talèu intrat, dissec :

« Sinti aci car batejado ;
Se i es pas, i es estado. »

Alavets, sa hemno i dissec :
« As un petit drolle debat le lhèit ; mès es pla
jouenot : podes pas le minja encaro.
— Per veze, sa dits le Drac. Drolle, mucho-me
le petit digt. »
E le Bernadounet i muchèc la cuio dou rat. Le

---

lette. Pendant que sa mère faisait la cuisine, Soleillette alla trouver Bernardinet et lui dit :
« Voilà un rat : garde-le, et lorsque mon père te
dira : « Montre-moi le petit doigt, » tu lui montreras
la queue du rat. »
À la nuit, le Drac arriva, et, sitôt entré, il dit :

« Je sens ici chair baptisée ;
Si elle n'y est pas, elle y a été. »

Alors, sa femme lui dit :
« Tu as un petit garçon sous le lit ; mais il est bien
jeunet : tu ne peux pas le manger encore.
— Pour voir, dit le Drac. Garçon, montre-moi le
petit doigt. »
Et Bernardinet lui montra la queue du rat. Le

Drac prenguec la cuio dou rat pou petit digt dou Bernadounet.

« Es vertat, sès pla jouenot encaro, » dissec.

L'endouma maiti, quand le Drac estec partit, le Bernadounet voulè s'entourna; mès la Sourelheto i dissec :

« Damoro. Moun pai te vouleré minja; mès jou te voli garda. Lèicho-me hè, e te proumeti que te minjara pas. »

E le Bernadounet damourèc. De tout le jour, quitauo pas la Sourelheto, e la nèit s'estujauo debat le lhèit.

Mès atchi qu'un jour le Drac tournèc dauant la nèit, e vic le Bernadounet damé la Sourelheto dins le jardi :

« O! o! dissec, aquet drolle es estat vite vengut

Drac prit la queue du rat pour le petit doigt de Bernardinet.

« C'est vrai, tu es encore bien jeunet, » dit-il.

Le lendemain matin, lorsque le Drac fut parti, Bernardinet voulut s'en retourner; mais Soleillette lui dit :

« Reste. Mon père voudrait te manger; mais, moi, je veux te garder. Laisse-moi faire, et je te promets qu'il ne te mangera pas. »

Et Bernardinet resta. Tout le jour, il demeurait avec Soleillette, et la nuit il se cachait sous le lit.

Mais voilà qu'un jour le Drac revint avant la nuit, et il vit Bernardinet avec Soleillette dans le jardin.

« Oh! oh! dit-il, ce garçon a vite grandi! Femme,

bèt! Hemno, douma te leuaras de boun maiti e le me haras coze. »

Alavets, la Sourelheto i dissec :

« Pai, se le vous gardauetz ? Per l'amour de jou, gardatz-le. »

Le Drac, tout Drac qu'èro, aimauo sa hilho. I dissec :

« E be, perqu'ac vos, le gardarè, mès à coundicioun que hasque tout so qu'i coumandarè. »

Aquet se, le Drac hasquèc soupa le Bernadounet à sa taulo. Apèi i dissec :

« Voli que, douma, hascos une hount, e que, douma au se, en de soupa, portes une boutelhado d'aigo d'aquero hount sur la taulo. »

L'endouma maiti, i balhèc un houssou e un parogrilh, e le Bernadounet partic dam'aquets utisses

---

demain tu te lèveras de bon matin et tu me le feras cuire. »

Alors, Soleillette lui dit :

« Père, si vous le gardiez ? Pour l'amour de moi, gardez-le. »

Le Drac, tout Drac qu'il était, aimait sa fille. Il lui dit :

« Eh bien, puisque tu le veux, je le garderai, mais à condition qu'il fasse tout ce que je lui commanderai. »

Ce soir-là, le Drac fit souper Bernardinet à sa table. Puis il lui dit :

« Je veux que, demain, tu fasses une fontaine, et que, demain soir, au souper, tu apportes sur la table une bouteillée d'eau de cette fontaine. »

Le lendemain matin, il lui donna une houe et une bêche, et Bernardinet partit avec ces outils pour aller

per ana hè la hount. Mès au prumer pic, se briquèc
le houssou e le parogrilh : èron d'utisses de coujo!

A mièjour, la Sourelheto dissec à sa mai :

« Mai, voli ana pourta la soupo au Bernadounet.

— Ac voli pas.

— Vous dizi qu'i voli ana.

— E be! vai-z-i, tant i vos ana. »

E la Sourelheto partic.

Quand arribèc ent'au Bernadounet, i dissec :

« Adiu, Bernadounet.

— Adiu, Sourelheto.

— As l'aire pla en peno. Qu'as?

— Au prumer pic, m'è bricat le houssou e le parogrilh.

— Iè be! te dezoles pas per aco. Minjo, e viras
que la hount sira lèu hèito. »

---

faire la fontaine. Mais au premier coup, il rompit la
houe et la bêche : c'étaient des outils de citrouille!

A midi, Soleillette dit à sa mère :

« Mère, je veux aller porter la soupe à Bernardinet.

— Je ne le veux pas.

— Je vous dis que je veux y aller.

— Eh bien! vas-y, tant tu veux y aller! »

Et Soleillette partit.

Lorsqu'elle arriva près de Bernardinet, elle lui dit :

« Adieu, Bernardinet.

— Adieu, Soleillette.

— Tu as l'air bien en peine. Qu'est-ce que tu as?

— Au premier coup, j'ai rompu ma houe et ma
bêche.

— Eh bien! ne te désole pas pour cela. Mange, et
tu verras que la fontaine sera bientôt faite. »

Quand le Bernadounet auec minjat, la Sourelheto se tirèc un bastounet de la cinto e dissec :

« Per la vertut de ma bagueto, que la hount siosque hèito, que i auje aigo e que n'i auje uno boutelhado sur la taulo anèit! »

Sou cop, la hount estec hèito, estec pleno d'aigo, e le Bernadounet se n' prenguec uno boutelhado, e, le se, la metec sur la taulo.

Quand le Drac arribèc e que vic aquero boutelhado d'aigo, dissec :

« A ! Sourelheto, Sourelheto, as pla oubrat aci !

— Nani, moun pai. »

Soupègon ; apèi, le Drac dissec :

« Hemno, meno aquet drolle au lhèit dou crambot. »

Aquet lhèit èro un lhèit de hoc ! Mès la Sourelheto

Lorsque Bernardinet eut mangé, Soleillette tira un bâtonnet de sa ceinture et dit :

« Par la vertu de ma baguette, que la fontaine soit faite, qu'il y ait de l'eau, et que, ce soir, il y en ait une bouteillée sur la table! »

Aussitôt, la fontaine fut faite, elle fut pleine d'eau, et Bernardinet en prit une bouteillée, et, le soir, il la mit sur la table.

Lorsque le Drac arriva et qu'il vit cette bouteillée d'eau, il dit :

« Ah ! Soleillette, Soleillette, tu as sûrement œuvré ici !

— Non, mon père. »

On soupa ; puis, le Drac dit :

« Femme, mène ce garçon au lit de la chambrette. »

Ce lit était un lit de feu ! Mais Soleillette entra

intrèc doussoment dins le crambot e dissec au Bernadounet :

« Vai te coucha au men lhèit. »

E ero, se couchèc au lhèit de hoc.

L'endouma maiti, le Drac dissec au Bernadounet :

« Auèi, te cau planta uno vinho, e voli que, anèit,
i auje sur la taulo une siètado de razis d'aquero
vinho. »

Le Bernadounet partic damé sous utisses. Mès, au
prumer pic, se les briquèc toutes : èron pas que
d'utisses de coujo!

A mièjour, la Sourelheto dissec à sa mai :

« Mai, voli ana pourta la soupo au Bernadounet.

— Ac voli pas.

— Vous dizi qu'i voli ana.

— E be! vai-z-i, tant i vos ana. »

---

doucement dans la chambrette et dit à Bernardinet :

« Va coucher à mon lit. »

Et elle coucha au lit de feu.

Le lendemain matin, le Drac dit à Bernardinet :

« Aujourd'hui, il te faut planter une vigne, et je
veux que, ce soir, il y ait sur la table une assiettée
de raisins de cette vigne. »

Bernardinet partit avec ses outils. Mais au premier
coup, tous ces outils se rompirent : c'étaient des outils de citrouille!

A midi, Soleillette dit à sa mère :

« Mère, je veux aller porter la soupe à Bernardinet.

— Je ne le veux pas.

— Je vous dis que je veux y aller.

— Eh bien! vas-y, tant tu veux y aller! »

E la Sourelheto partic.
« Adiu, Bernadounet.
— Adiu, Sourelheto.
— As l'aire pla en peno. Qu'as?
— Au prumer pic, m'è bricat toutes les utisses.
— Iè be! te dezoles pas per aco. Minjo, e viras que la vinho sira lèu plantado. »
Quand le Bernadounet auec minjat, la Sourelheto dissec :
« Per la vertut de ma bagueto, que la vinho siosque plantado, que i auje razis, e que anèit, n'i auje une siètado sur la taulo! »
Sou cop, la vinho estec plantado, bourrounèc, s'enramèc, se caperèc de razis, e le se, le Bernadounet pourtèc une siètado de razis sur la taulo.
Quand le Drac arribèc e que vic aqueres razis, dissec :

Et Soleillette partit.
« Adieu, Bernardinet.
— Adieu, Soleillette.
— Tu as l'air bien en peine. Qu'est-ce que tu as?
— Au premier coup, j'ai rompu tous mes outils.
— Eh bien! ne te désole pas pour cela. Mange, et tu verras que la vigne sera bientôt plantée. »
Lorsque Bernardinet eut mangé, Soleillette dit :
« Par la vertu de ma baguette, que la vigne soit plantée, qu'il y ait des raisins, et que, ce soir, il y en ait une assiettée sur la table! »
Aussitôt, la vigne fut plantée, elle bourgeonna, s'enramela, se couvrit de raisins, et, le soir, Bernardinet porta une assiettée de raisins sur la table.
Lorsque le Drac arriva et qu'il vit ces raisins, il dit :

« A! Sourelheto, Sourelheto, as pou sigu oubrat
aci !

— Nani, moun pai. »

Soupègon; apèi, le Drac dissec au Bernadounet :

« Vai-te-n' au lhèit. Douma maiti, te leuaras quand
te cridarè. »

E, d'un cop le Bernadounet partit, dissec à la
Sourelheto :

« Cau que tout aco finisque, e so qu'as hèit, ac
pagaras. Douma maiti, te leuaras quand te cridarè. »

E, d'un cop la Sourelheto partido, dissec à sa hemno :

« Hemno, douma maiti, mountaras un pairol d'oli
en de hè coze le Bernadounet. »

La Sourelheto ac entendec. Intrèc pla doussoment
dins le crambot en de droumi au lhèit de hoc, dounèc
le soun au Bernadounet, e i dissec :

« Ah! Soleillette, Soleillette, tu as, pour sûr, œuvré
ici!

— Non, mon père. »

On soupa; puis, le Drac dit à Bernardinet :

« Va-t'en au lit. Demain matin, tu te lèveras lorsque je t'appellerai. »

Et, Bernardinet parti, il dit à Soleillette :

« Il faut que tout cela finisse, et ce que tu as fait,
tu le payeras. Demain matin, tu te lèveras lorsque
je t'appellerai. »

Et, Soleillette partie, il dit à sa femme :

« Femme, demain matin, tu mettras sur le feu un
chaudron d'huile pour faire cuire Bernardinet. »

Soleillette entendit ces paroles. Elle entra bien
doucement dans la chambrette pour coucher au lit
de feu, donna le sien à Bernardinet, et lui dit :

« Moun pai a coumandat à ma mai de mounta un pairol d'oli per te hè coze douma maiti, e à jou, tchi sab so que me hara? Mès nous ten pas encaro, ni à tu ni mèi à jou. Quand te demande : « Tchin pout canto? » i diras : « Le rouje. » Apèi, quand te tourne demanda : « Tchin pout canto? » i diras : « Le negre. » E alavets, sira ouro, nous calera parti. »

A mièjo-nèit, le Drac cridèc :

« Bernadounet, tchin pout canto?

— Le rouje, » respoundec le Bernadounet.

Au cap d'uno ouro, tournèc crida :

« Bernadounet, tchin pout canto?

— Le negre. »

Alavets, le Bernadounet e la Sourelheto se levèuon. Mès, dauans de parti, la Sourelheto metec, en de

---

« Mon père a commandé à ma mère de mettre sur le feu un chaudron d'huile pour te faire cuire demain matin, et quant à moi, qui sait ce qu'il me fera? Mais il ne nous tient pas encore, ni toi ni moi. Lorsqu'il te demandera : « Quel coq chante? » tu lui répondras : « Le rouge. » Puis, lorsqu'il te demandera de nouveau : « Quel coq chante? » tu lui répondras : « Le noir. » Et alors, ce sera l'heure, il nous faudra partir. »

A minuit, le Drac cria :

« Bernardinet, quel coq chante?

— Le rouge, » répondit Bernardinet.

Au bout d'une heure, il cria de nouveau :

« Bernardinet, quel coq chante?

— Le noir. »

Alors, Bernardinet et Soleillette se levèrent. Mais, avant de partir, Soleillette mit, pour répondre à sa respounde per ero, la counoulho au soun lhèit e, en de respounde pou Bernadounet, le huzèt au lhèit de hoc. Aco hèit, sautègon sans hè brut per la finèstro e partigon coumo le vent.

Uno ouro aprèp, le Drac cridèc :

« Sourelheto, lèuo-te.

— Me lèui, » respoundec la counoulho.

— Bernadounet, lèuo-te.

— Me lèui, » respoundec le huzèt.

Au cap d'un pauc, quand vic que se leuaon pas, le Drac tournèc crida :

« Sourelheto, lèuo-te.

— Me lèui, » tournèc respounde la counoulho.

— Bernadounet, lèuo-te.

— Me lèui, » tournèc respounde le huzèt.

Au cap d'un pauc, quand vic que se leuaon toujour

---

place, la quenouille à son lit et, pour répondre à la place de Bernardinet, le fuseau au lit de feu. Cela fait, ils sautèrent sans bruit par la fenêtre et partirent comme le vent.

Une heure après, le Drac cria :

« Soleillette, lève-toi.

— Je me lève, » répondit la quenouille.

— Bernardinet, lève-toi.

— Je me lève, » répondit le fuseau.

Au bout de quelque temps, lorsqu'il vit qu'ils ne se levaient pas, le Drac cria de nouveau :

« Soleillette, lève-toi.

— Je me lève, » répondit de nouveau la quenouille.

— Bernardinet, lève-toi.

— Je me lève, » répondit de nouveau le fuseau.

Enfin, lorsqu'il vit qu'ils ne se levaient toujours

pas, le Drac se n'anguèc veze au lhèit de la Sourelheto : i troubèc que la counoulho; se n'anguèc veze au lhèit dou Bernadounet : i troubèc que le huzèt.

Hol de coulèro, dissec à sa hemno :

« A! aquet brigand! nous a escapat, e la Sourelheto es partido damb'et!

— Noun pas belèu?

— O! si, tout sigu.

— Part au galop, que les atraparas. »

Le Drac partic e se metec à courre tant que poudec.

Le Bernadounet e la Sourelheto èron deja lènh. S'èron arrestats au borle d'un clot, e la Sourelheto amassauo pimparèlos. Atchi que le Bernadounet vic le Drac qu'arribauo :

« Garo-le enla! dissec; sèm perduts! »

---

pas, le Drac alla voir au lit de Soleillette : il n'y trouva que la quenouille; il alla voir au lit de Bernardinet : il n'y trouva que le fuseau.

Fou de colère, il dit à sa femme :

« Ah! ce brigand! il nous a échappé, et Soleillette est partie avec lui!

— Non pas peut-être?

— Oh! si, pour sûr.

— Pars au galop, tu les rattraperas. »

Le Drac partit et se mit à courir tant qu'il put.

Bernardinet et Soleillette étaient déjà loin. Ils s'étaient arrêtés au bord d'une mare, et Soleillette cueillait des marguerites. Voilà que Bernardinet vit le Drac qui arrivait.

« Vois-le là-bas! dit-il; nous sommes perdus! »

Mès la Sourelheto i dissec :

« N'aujos pas pòu. Per la vertut de ma bagueto, que tu sios guit e jou guiteto. »

Sou cop, le Bernadounet estec guit e ero guiteto, e se n'anguègon dins le clot.

Le Drac arribèc e dissec :

« Adissiatz, guit e guiteto. Auètz pas vist un goujat e uno hilheto ?

— Fat! fat! fat[1]!

— Vous dizi s'auètz pas vist un goujat e uno hilheto à passa.

— Fat! fat! fat! »

Ne poudec pas tira mèi, e s'entournèc.

Quand arribèc, sa hemno i dissec :

« E be! les menos pas ?

Mais Soleillette lui dit :

« N'aie pas peur. Par la vertu de ma baguette, que tu sois canard et moi canette! »

Aussitôt, Bernardinet fut canard et elle canette, et ils s'en allèrent dans la mare.

Le Drac arriva, et dit :

« A Dieu soyez, canard et canette. N'avez-vous pas vu un garçon et une fillette ?

— Fat! fat! fat!

— Je vous demande si vous n'avez pas vu passer un garçon et une fillette.

— Fat! fat! fat! »

Il ne put pas en tirer davantage, et il s'en retourna.

Lorsqu'il arriva, sa femme lui dit :

« Eh bien! tu ne les ramènes pas ?

1. Mimologisme populaire interprétant le cri du canard. - *Fat*, fou.

— O! nou; n'è pas troubat qu'un guit e uno guito,
i è demandat se les auèn vistes passa e, per touto respounso, me hazèn pas que dize : « Fat! fat! fat! »

— A! bèstio! èron pas qu'eres : te les calè mena.
Tourno-z-i, e, aqueste cop, meno-les. »

E tournèc parti.

Le Bernadounet le vic à vengue.

« Sourelheto, aci toun pai que tourno; sèm perduts! »

Mès la Sourelheto dissec :

« N'aujos pas pòu. Per la vertut de ma bagueto,
que tu sios auzèret e jou auzèreto! »

E sou cop, le Bernadounet estec auzèret e ero
auzèreto.

Le Drac arribèc, e dissec :

— Oh! non; je n'ai trouvé qu'un canard et une
cane, je leur ai demandé s'ils les avaient vu passer
et, pour toute réponse, ils ne faisaient que me dire :
« Fat! fat! fat! »

— Ah! imbécile! c'étaient eux : il te fallait les ramener. Retournes-y, et, cette fois, ramène-les. »

Et il repartit.

Bernardinet le vit venir.

« Soleillette, voici ton père qui revient; nous
sommes perdus! »

Mais Soleillette dit :

« N'aie pas peur. Par la vertu de ma baguette, que
tu sois oiselet et moi oiselette! »

Et aussitôt, Bernardinet fut oiselet et elle oiselette.

Le Drac arriva, et dit :

« Adissiatz, auzèret e auzèreto. Auètz pas vist un goujat e une hilheto?

— Riu-chiu-chiu-chiu-chiu! riu-chiu-chiu-chiu-chiu!

— Vous dizi s'auètz pas vist un goujat e uno hilheto à passa.

— Riu-chiu-chiu-chiu-chiu! riu-chiu-chiu-chiu-chiu! »

Ne poudec pas tira mèi, e s'entournèc.

Quand arribèc, sa hemno i dissec :

« E be! les menos pas?

— O! nou; n'è pas troubat qu'un auzèret e uno auzèreto, i è demandat se les auèn vistes passa e, per touto respounso, hazèn pas que me dize : « Riu-chiu-chiu-chiu-chiu. »

« A Dieu soyez, oiselet et oiselette. N'avez-vous pas vu un garçon et une fillette?

— Riou-chiou-chiou-chiou-chiou! riou-chiou-chiou-chiou-chiou!

— Je vous demande si vous n'avez pas vu passer un garçon et une fillette.

— Riou-chiou-chiou-chiou-chiou! riou-chiou-chiou-chiou-chiou! »

Il ne put pas en tirer davantage, et il s'en retourna.

Lorsqu'il arriva, sa femme lui dit :

« Eh bien! tu ne les ramènes pas?

— Oh! non; je n'ai trouvé qu'un oiselet et une oiselette, je leur ai demandé s'ils les avaient vu passer et, pour toute réponse, ils ne faisaient que me dire : « Riou-chiou-chiou-chiou-chiou! »

— A! bèstio! èron pas qu'eres : te les calè mena. Tourno-z-i.

— A! sèu trop las, dissec le Drac; que se n'anguen dount vèlhon! Jou, tourni pas les quèrre.

— Te redizi que t'i cau tourna. »

E tapla i tournèc.

Quand le vigon à vengue, le Bernadounet e la Sourelheto arribauon à-m-un riu. La Sourelheto dissec :

« N'aujos pas pòu, Bernadounet. Per la vertut de ma bagueto, que jou sìou sou riu palanqueto e que tu sios le barreras! »

E sou cop, le Bernadounet estec barreras e ero palanqueto.

Mès le Drac sabè pla qu'à-m-aquet endret le riu n'auè pas nado palanco.

— Ah! imbécile! c'étaient eux : il te fallait les ramener. Retournes-y.

— Ah! je suis trop fatigué, dit le Drac; qu'ils s'en aillent où ils voudront! Moi, je ne retourne pas les chercher.

— Je te répète qu'il te faut y retourner. »

Et tout de même il y retourna.

Lorsqu'ils le virent venir, Bernardinet et Soleillette arrivaient à un ruisseau. Soleillette dit :

« N'aie pas peur, Bernardinet. Par la vertu de ma baguette, que je sois sur le ruisseau palanquette[1] et que tu sois le garde-fou! »

Et aussitôt, Bernardinet fut garde-fou et elle palanquette.

Mais le Drac savait bien qu'à cet endroit le ruisseau n'avait pas de palanque.

1. *Palanco,* diminutif *palanqueto* = passerelle.

« A ! Sourelheto, Sourelheto, dissec, as pla oubrat aci ; mès, aqueste cop, m'escaparetz pas, ni tu ni toun Bernadounet. »

Tapla, i escapègon encaro : quand voulec atrapa le barreras e la palanqueto, atchi que le barreras se cambièc en brau que sautèc pou prat e que la palanqueto toumbèc dins le riu e se cambièc en granoulho qu'anguèc s'estuja debat un pèd de junc ; mès atchi que la bagueto de la Sourelheto damourèc sur l'aigo, e le Drac l'atrapèc. Alavets, dissec :

« Bernadounet, brau sès e brau siès ans siras ; e tu, Sourelheto, granoulho as voulut èste, granoulho sèpt ans damouraras. »

Cado jour, le Bernadounet, cambiat en brau, anauo pèiche au borle dou riu ount èro la Sourelheto, cambiado en granoulho, e atau se vezèn saquela.

« Ah ! Soleillette, Soleillette, dit-il, tu as, pour sûr, œuvré ici ; mais, cette fois, vous ne m'échapperez pas, ni toi ni ton Bernardinet. »

Cependant, ils lui échappèrent encore : lorsqu'il voulut saisir le garde-fou et la palanquette, voilà que le garde-fou se changea en taureau qui sauta dans le pré et que la palanquette tomba dans le ruisseau et se changea en grenouille qui alla se cacher sous une touffe de joncs ; mais voilà que la baguette de Soleillette demeura sur l'eau, et le Drac la ramassa. Alors il dit :

« Bernardinet, taureau tu es et taureau six ans tu seras ; et toi, Soleillette, grenouille tu as voulu être, grenouille sept ans tu resteras. »

Chaque jour, Bernardinet, changé en taureau, allait paître au bord du ruisseau où était Soleillette, changée en grenouille, et ainsi ils se voyaient quand même.

Au cap de siès ans, le Bernadounet tournèc goujat, — e se debrembèc la Sourelheto.

Au cap de sèpt ans, la Sourelheto estec pas mèi granoulho : estec, coumo dauans, uno poulido drollo ; mès troubèc pas le Bernadounet.

Pertout le cercauo, e se dezoulauo de l'auje perdut.

Un jour, passèc à-m-un vilage que hazèn uno nosso, e vic le nobi e la nobio que se n'anauon à la glèizo, e atchi que le nobi èro le Bernadounet !

La Sourelheto se n'anguèc enta-m-uno boulangèro e i dissec :

« Auiatz pas un mos de pasto ?

— O ! nou, n'è pas brico.

— Quand n'auiatz pas qu'un mos coumo un cuou d'espillo, n'auiòu prou. »

Au bout de six ans, Bernardinet redevint un jouvenceau, — et il oublia Soleillette.

Au bout de sept ans, Soleillette ne fut plus grenouille : elle fut, comme avant, une jolie jeune fille ; mais elle ne trouva pas Bernardinet.

Elle le cherchait partout, et se désolait de l'avoir perdu.

Un jour, elle passa dans un village où l'on faisait une noce, et elle vit le fiancé et la fiancée qui s'en allaient à l'église, et voilà que le fiancé était Bernardinet !

Soleillette alla chez une boulangère et lui dit :

« N'auriez-vous pas un peu de pâte ?

— Oh ! non, je n'en ai pas du tout.

— N'en auriez-vous qu'un peu comme un bout d'épingle, j'en aurais assez. »

La boulangèro anguèc veze dins la mèit e ne troubèc un mos coumo un cuou d'espillo e le i dounèc.

La Sourelheto prestic aquero pasto, la bouléguèc pla, e ne hasquec dus pijous, — un pijou e uno pijouno, — e li dounèc la vito.

E atchi qu'aqueres dus pijous anguègon se pauza sur uno finèstro de la glèizo, au moument que les nobis intrauon per espouza. E le pijou dizè à la pijouno :

« Roucou ! roucou ! pijouneto, hèi-me un poutou.

— O ! nou, te voli pas hè un poutou, que belèu harés coumo le Bernadounet, qu'a abandounat la Sourelheto : l'a despaïzado e apèi l'a debrembado. »

Atchi que le Bernadounet ac entendec. Sourtic de

La boulangère alla voir dans la maie et en trouva un morceau comme un bout d'épingle et le lui donna.

Soleillette pétrit cette pâte, la remua bien, et en fit deux pigeons, — un pigeon et une pigeonne, — et elle leur donna la vie.

Et voilà que ces deux pigeons allèrent se poser sur une fenêtre de l'église, au moment où les fiancés y entraient pour se marier. Et le pigeon disait à la pigeonne :

« Roucou ! roucou ! pigeonnette, fais-moi un baiser.

— Oh ! non, je ne veux pas te faire un baiser, car peut-être ferais-tu comme Bernardinet, qui a abandonné Soleillette : il l'a dépaysée et puis il l'a oubliée. »

Voilà que Bernardinet entendit cela. Il sortit de

la glèizo, troubèc la Sourelheto sur la porto. Talèu
que la vic, la recouneguec e i sautèc au cot. E la
Sourelheto se l'emmenèc, e la quitèc plus jamès.

---

l'église, il trouva Soleillette sur la porte. Aussitôt
qu'il la vit, il la reconnut et lui sauta au cou. Et
Soleillette l'emmena, et il ne la quitta plus jamais.

Les tres Rius

I auè, un cop, une hemno qu'auè perdut soun ome
e qu'auè tres mainages. Èron pla paures, n'auèn pas
cap de mos de pa.

Un jour, l'ainat dissec :

« Mai, me vau louga.

— È be, pauret, vai-z-i, » li dissec sa mai.

Pou cami, troubèc tres omes. Èron sent Jan, sent
Pèire e Nostre-Senhe. I dissegon :

« Ount vas, pitchou?

— Me vau louga.

— Ta pla nous-aus te lougarem.

Les trois Ruisseaux

Il y avait, une fois, une femme veuve qui avait
trois enfants. Ils étaient bien pauvres, ils n'avaient
pas un morceau de pain.

Un jour, l'aîné dit :

« Mère, je vais me louer.

— Eh bien, pauvret, vas-y, » lui dit sa mère.

Sur son chemin, il rencontra trois hommes.
C'étaient saint Jean, saint Pierre et Notre-Seigneur.
Ils lui dirent :

« Où vas-tu, petit?

— Je vais me louer.

— Aussi bien, nous autres, nous te louerons.

— Iè be, m'es igal.

— Tè, atchi as une letro : la pourtaras à uno dou-maizèleto, darrer un broc blanc. As tres rius à passa : un d'aigo, un de vi e un de sanc.

— Iè be, mèstres, at harè. »

Quand arribèc au riu d'aigo, le passèc; quand arribèc au riu de vi, jetèc la letro e s'entournèc.

Trobo les mèstres.

« È be, pitchou, as hèit so que t'auèm dit?

— O! oui, mèstres.

— È be, aro, per pago, que vos, or e argent ou la gracio de Dius?

— Que voulètz que hasco de la gracio de Dius? Voli or e argent.

— È be, pitchou, or e argent auras. »

— Eh bien, moi, je veux bien.

— Tiens, voici une lettre : tu la porteras à une demoiselette, derrière un buisson blanc. Tu as trois ruisseaux à passer : un d'eau, un de vin et un de sang.

— Eh bien, maîtres, je ferai cela. »

Quand il arriva au ruisseau d'eau, il le passa; quand il arriva au ruisseau de vin, il jeta la lettre et s'en retourna.

Il trouve les maîtres.

« Eh bien, petit, as-tu fait ce que nous t'avons dit?

— Oh! oui, maîtres.

— Eh bien, maintenant, pour ta paye, qu'est-ce que tu veux, or et argent ou la grâce de Dieu?

— Que voulez-vous que je fasse de la grâce de Dieu? Je veux or et argent.

— Eh bien, petit, or et argent tu auras. »

Le menègon dins uno crambo pleno d'escuts e de louvidors; se n' prenguec tantes que ne poudec pourta e se n'anguèc.

Passèc enta sa mai, i muchèc sa fourtuno, i dounèc vint francs e se n'anguèc hè basti un bèt castèt. E le tournègon plus veze à l'oustau.

Quand les vint francs estegon acabats, sa dissec le catèt :

« Mai, jou tabé me vau louga.

— È be, pauret, vai-z-i. »

Pou cami, troubèc les tres mèmes omes.

« Ount vas, pitchou?

— Me vau louga.

— Ta pla nous-aus te lougarem.

— Iè be, m'es igal.

Ils le menèrent dans une chambre pleine d'écus et de louis d'or; il en prit autant qu'il put en porter et s'en alla.

Il passa chez sa mère, lui montra sa fortune, lui laissa vingt francs et alla se faire bâtir un beau château. Et on ne le revit plus à la maison.

Quand les vingt francs furent dépensés, ce dit le cadet :

« Mère, moi aussi, je vais me louer.

— Eh bien, pauvret, vas-y. »

Sur son chemin, il rencontra les trois mêmes hommes.

« Où vas-tu, petit?

— Je vais me louer.

— Aussi bien, nous autres, nous te louerons.

— Eh bien, moi, je veux bien.

— Tè, atchi as une lettro : la pourtaras à uno dou-
maizèleto, darrer un broc blanc. As tres rius à passa :
un d'aigo, un de vi e un de sanc.

— Iè be, mèstres, at harè. »

Quand arribèc au riu d'aigo, le passèc; quand
arribèc au riu de vi, le passèc tabé; quand arribèc au
riu de sanc, jetèc la letro e s'entournèc.

Trobo les mèstres.

« È be, pitchou, as hèit so que t'auèm dit?

— O! oui, mèstres.

— È be, aro, per pago, que vos, or e argent ou la
gracio de Dius?

— Me fiqui pla de la gracio de Dius! Voli or e
argent.

— È be, pitchou, or e argent auras. »

— Tiens, voici une lettre : tu la porteras à une
demoiselette, derrière un buisson blanc. Tu as trois
ruisseaux à passer : un d'eau, un de vin et un de
sang.

— Eh bien, maîtres, je ferai cela. »

Quand il arriva au ruisseau d'eau, il le passa;
quand il arriva au ruisseau de vin, il le passa aussi;
quand il arriva au ruisseau de sang, il jeta la lettre
et s'en retourna.

Il trouve les maîtres :

« Eh bien, petit, as-tu fait ce que nous t'avons dit?

— Oh! oui, maîtres.

— Eh bien, maintenant, pour ta paye, qu'est-ce
que tu veux, or et argent ou la grâce de Dieu?

— Je me moque bien de la grâce de Dieu! Je veux
or et argent.

— Eh bien, petit, or et argent tu auras. »

Le menègon dins uno crambo pleno d'escuts e de louvidors; se n' prenguec tantes que ne poudec pourta e se n'anguèc.

Passèc enta sa mai, i muchèc sa fourtuno, i dounèc cranto francs e se n'anguèc hè basti un bèt castèt au coustat dou de soun frai.

Quand les cranto francs estegon acabats, sa dissec le petit :

« Mai, jou tabé me vau louga.

— È be, pauret, vai-z-i. »

Pou cami, troubèc les tres mèmes omes.

« Ount vas, pitchou?

— Me vau louga.

— Ta pla nous-aus te lougarem.

— Iè be, m'es igal.

Ils le menèrent dans une chambre pleine d'écus et de louis d'or; il en prit autant qu'il put en porter et s'en alla.

Il passa chez sa mère, lui montra sa fortune, lui laissa quarante francs et alla se faire bâtir un beau château à côté de celui de son frère. Et on ne le revit plus à la maison.

Quand les quarante francs furent dépensés, ce dit le plus jeune :

« Mère, moi aussi, je vais me louer.

— Eh bien, pauvret, vas-y. »

Sur son chemin, il trouva les trois mêmes hommes.

« Où vas-tu, petit?

— Je vais me louer.

— Aussi bien, nous autres, nous te louerons.

— Eh bien, moi, je veux bien.

— Tè, atchi as uno letro : la pourtaras à uno dou-maizèleto, darrer un broc blanc. As tres rius à passa : un d'aigo, un de vi e un de sanc.

— Iè be, mèstres, at harè. »

Quand arribèc au riu d'aigo, le passèc; quand arribèc au riu de vi, le passèc; quand arribèc au riu de sanc, le passèc tabé. Un cop aquet passat, vezec la doumaizèleto darrer le broc blanc. Èro la sento Vièrjo. Li dounèc la letro. La sento Vièrjo, pla countento, le hasquèc coucha sus sous ginouls, le penchenèc, le despezoulhèc, juscos autant que s'en-droumic.

Droumic tres jours. Quand se revelhèc, dissec :

« A! moun Dius, que les mens mèstres me van pièlha !

— Nou, pauret, aujos pas pòu, te diran pas re. »

— Tiens, voici une lettre : tu la porteras à une de-moiselette, derrière un buisson blanc. Tu as trois ruis-seaux à passer : un d'eau, un de vin et un de sang.

— Eh bien, maîtres, je ferai cela. »

Quand il arriva au ruisseau d'eau, il le passa; quand il arriva au ruisseau de vin, il le passa; quand il arriva au ruisseau de sang, il le passa aussi. Une fois celui-ci passé, il vit la demoiselette derrière le buis-son blanc. C'était la sainte Vierge. Il lui donna la lettre. La sainte Vierge, bien contente, le fit cou-cher sur ses genoux, peigna ses cheveux, l'épouilla, jusques à tant qu'il s'endormit.

Il dormit trois jours. Quand il s'éveilla, il dit :

« Ah! mon Dieu, que mes maîtres vont me gronder!

— Non, pauvret, n'aie pas peur, ils ne te gronde-ront pas. »

Trobo les mèstres.

« È be, pitchou, as hèit so que t'auèm dit?

— O! oui, mèstres, e mèi que me sèu pla amuzat.

— Aco rai. È be, aro, per pago, que vos, or e argent ou la gracio de Dius?

— Me fiqui pla d'or e d'argent! Voli la gracio de Dius.

— È be, vai-te-n', pitchou, la gracio de Dius te sièg. »

S'entournèc à l'oustau.

« Adissiatz, ma mai.

— Adiu, men.

— Mai, è pla talent.

— Iè! pauret, sàbes pla que i a pas pa.

Il trouve les maîtres.

« Eh bien, petit, as-tu fait ce que nous t'avons dit?

— Oh! oui, maîtres, et même je me suis bien amusé.

— Cela va bien. Eh bien, maintenant, pour ta paye, qu'est-ce que tu veux, or et argent ou la grâce de Dieu?

— Je me moque bien de l'or et de l'argent! Je veux la grâce de Dieu.

— Eh bien, va-t'en, petit, la grâce de Dieu te suit. »

Il retourna à la maison.

« A Dieu soyez, ma mère.

— Adieu, mien.

— Mère, j'ai bien faim.

— Hélas! pauvret, tu sais bien qu'il n'y a pas de pain.

— Iè! anatz veze dins la tireto, que belèu n'i n'
troubaretz... »

La tireto estec pleno de pa.

« Mai, è pla set.

— Iè! pauret, sàbes be qu'auèm pas brico de vi.

— Iè! anatz veze à la barrico, que belèu n'i n'
troubaretz... »

La barrico estec touto pleno de vi.

« Mai, auiòu pla bezoun de m'abilha.

— Iè! pauret, sàbes be qu'auèm pas brico d'argent.

— Iè! anatz veze au porto-mounedo, que belèu
n'i a cauque mos... »

Le porto-mounedo estec tout ple d'argent.

Alavets, estegon pla urouses; i manquèc pas res.

— Hé! allez voir dans le tiroir : peut-être y en trouverez-vous... »

Le tiroir fut plein de pain.

« Mère, j'ai bien soif.

— Hélas! pauvret, tu sais bien que nous n'avons
pas du tout de vin.

— Hé! allez voir à la barrique : peut-être y en
trouverez-vous... »

La barrique fut toute pleine de vin.

« Mère, j'aurais bien besoin de m'habiller.

— Hélas! pauvret, tu sais bien que nous n'avons
pas du tout d'argent.

— Hé! allez voir au porte-monnaie : peut-être y
en a-t-il quelque peu... »

Le porte-monnaie fut tout plein d'argent.

Alors, ils furent bien heureux; il ne leur manqua
rien.

Cado jour, le hilh se n'anauo trabalha, e re-
coumandauo pla à sa mai que toutes les paures
que passèsson, les retirèsso e les hasquèsso beue e
minja.

Un se, i passègon tres omes.

« Vouleiatz nous retira per l'amor de Dius?

— Oui, intratz. »

Les hasquec beue e minja, apèi les hasquec ana
au lhèit.

Quand soun hilh tournèc dou trabalh, i dissec :

« È retirat tres omes pla coumo cau.

— Tchi sab, mai, se soun pas les tres mèstres
qu'auiòu? I vau veze, tout pèd-nut, pla doussoment,
que belèu soun eres... »

Anguèc dins la crambo, e vezec qu'èron eres e

Chaque jour, le fils s'en allait travailler, et il re-
commandait à sa mère d'héberger tous les pauvres
qui viendraient à passer et de les faire boire et
manger.

Un soir, trois hommes passèrent.

« Voudriez-vous nous héberger pour l'amour de
Dieu?

— Oui, entrez. »

Elle les fit boire et manger; puis les fit aller au
lit.

Quand son fils revint du travail, elle lui dit :

« J'ai hébergé trois hommes bien comme il faut.

— Qui sait, mère, si ce ne sont pas les trois maîtres
que j'avais? Je vais voir, pieds nus, bien doucement...
Peut-être ce sont eux... »

Il alla dans la chambre, et il vit que c'étaient eux

33

que droumèn pla. Recoumandèc à sa mai d'i quita droumi la maitinado, de les revelha pas.

L'endouma maiti, se n'anguèc trabalha. Quand estec un pauc tard, la hemno, vezent que les tres omes se leuaon pas, de pòu qu'estesson malauts, i anguèc veze : troubèc pas digun au lhèit; se n'èron anats. En hazent le lhèit, i troubèc un plen sac de louvidors.

Ac anguèc dize à soun hilh, que dissec :

« A! moun Dius, s'an debrembat aquet argent; i ac vau pourta à l'endarrer. »

De lènc, les vezec e se metec à li crida :

« Èp! èp! vous auètz debrembat aqueste sac. »

Sent Jan, sent Pèire e Nostre-Senhe se revirègon e l'atendegon. I dissegon :

---

et qu'ils dormaient bien. Il recommanda à sa mère de leur laisser dormir la matinée, de ne pas les réveiller.

Le lendemain matin, il s'en alla travailler. Lorsqu'il fut un peu tard, la femme, voyant que les trois hommes ne se levaient pas, de peur qu'ils ne fussent malades, alla voir : elle n'en trouva aucun au lit; ils étaient partis. En faisant le lit, elle y trouva un plein sac de louis d'or.

Elle alla conter à son fils ce qui s'était passé. Celui-ci dit :

« Ah! mon Dieu! ils ont oublié cet argent; je vais courir après eux pour le leur apporter. »

De loin, il les vit et se mit à leur crier :

« Hep! hep! vous avez oublié ce sac. »

Saint Jean, saint Pierre et Notre-Seigneur se retournèrent et l'attendirent. Ils lui dirent :

« Le te dounam, aquet argent; que siosque per tu.
En t'entournant, vas passa au coustat des castèts de
tous frais : per tant de brut qu'entendos, te revires
pas jamès. »

Quand passèc prèp dou castèt de l'ainat, entendec
un grand brut, mès se revirèc pas. Quand passèc
prèp dou castèt dou catèt, entendec le même brut,
mès se revirèc pas jamès. Èron les castèts de sous
frais que se demoulissèn.

Sous frais estegon ruinats. S'entournègon enta sa mai
i demanda retirado. Alavets, la mai dissec à l'ainat :

« Tu, me dounègos vint francs, quand èros riche;
atchi n'as cranto. »

È dissec au catèt :

« Tu me dounègos cranto francs; atchi n'as quatre-
vints. Aro, anatz-vous-n'. »

« Nous te le donnons, cet argent; que ce soit pour
toi. En t'en retournant, tu vas passer près des châteaux de tes frères : autant de bruit que tu entendes,
ne te retourne jamais. »

Quand il passa près du château de l'aîné, il entendit un grand bruit, mais il ne se retourna pas ;
quand il passa près du château du cadet, il entendit
le même bruit, mais il ne se retourna jamais. C'étaient
les châteaux de ses frères qui se démolissaient.

Ses frères furent ruinés. Ils revinrent chez leur mère,
pour lui demander asile. Alors, la mère dit à l'aîné :

« Toi, tu me donnas vingt francs, alors que tu
étais riche; tiens, en voilà quarante. »

Et elle dit au cadet :

« Toi, tu me donnas quarante francs; tiens, en
voilà quatre-vingts. Maintenant, allez-vous-en. »

Les dus ainats demourègon paures, e le petit dambe sa mai estegon riches e urouses. Cadun so que se merito.

Les deux aînés demeurèrent pauvres, et le plus jeune et sa mère furent riches et heureux. A chacun ce qu'il mérite.

La Hauo que mountauo juscos au cèu

Un jour, Mizèro se n'anguèc à l'aumoino; le se, pourtèc pas qu'uno hauo. Alavets, sa hemno i dissec :
« Te la cau semena. »

Auèn pas brico de tèrro : coumo hè? La semenèc au couhi. Quand estec semenado, se n'anguègon au lhèit sans soupa, per so que n'auèn pas re per minja.

L'endouma maiti, la hauo mountauo juscos au cèu. Alavets, Mizèro mountèc à cap-sus la hauo, hèlho per hèlho. Quand estec au cap, estec à la porto dou paradis. I troubèc sent Pèire, qu'i dissec :
« Que vengues quèrre aiciu? »

La Fève qui montait jusqu'au ciel

Un jour, Misère s'en alla à l'aumône; le soir, il ne rapporta qu'une fève. Alors, sa femme lui dit :
« Il te faut la semer. »

Ils n'avaient pas un pouce de terre : comment faire? Il la sema au coin du feu. Quand elle fut semée, Misère et sa femme s'en allèrent au lit sans souper, car ils n'avaient rien à manger.

Le lendemain matin, la fève montait jusqu'au ciel. Alors, Misère monta le long de la fève, feuille par feuille. Quand il fut au bout, il fut à la porte du paradis. Il y trouva saint Pierre, qui lui dit :
« Que viens-tu chercher ici? »

Mizèro i dissec :

« Moussu sent Pèire, vengui per que m'acourdetz la gracio d'auje pa, vi, uno poulido bordo, enfin tout so que nous cau.

— Tourno-te-n', i dissec sent Pèire, auras tout so que vos. »

Quand Mizèro estec au pèd de la hauo, troubèc de plenos tiretos de pa, de plenos barricos de vi e un oustau coumo un castèt.

Alavets, sa hemno i dissec :

« Tourno-te-n' enta sent Pèire, e digo-z-i que vos èste counselher. »

Mizèro tournèc mounta à cap-sus la hauo, e quand estec au cap, retroubèc sent Pèire, qu'i dissec :

« È be! que te manco, aro?

Misère lui dit :

« Monsieur saint Pierre, je viens pour que vous m'accordiez la grâce d'avoir du pain, du vin, une jolie maison, enfin tout ce qu'il nous faut.

« Retourne-t'en, lui dit saint Pierre, tu auras tout ce que tu veux. »

Quand Misère fut au pied de la fève, il trouva de pleins tiroirs de pain, de pleines barriques de vin et une maison comme un château.

Alors, sa femme lui dit :

« Retourne-t'en chez saint Pierre, et dis-lui que tu veux être conseiller. »

Misère remonta le long de la fève, et quand il fut au bout, il retrouva saint Pierre, qui lui dit :

« Eh bien! que te manque-t-il, maintenant?

— Moussu sent Pèire, vengui per que me metiatz counselher.

— Tourno-te-n', ne siras. »

Mizèro debarèc ; quand arribèc au pèd de la hauo, estec counselher.

Alavets, sa hemno i dissec :

« Aro, te cau demanda d'èste mèro. »

Mizèro tournèc mounta à cap-sus la hauo, e tournèc trouba sent Pèire, qu'i dissec :

« È bel que te manco, aro ?

— Moussu sent Pèire, vengui per que me metiatz mèro.

— Tourno-te-n', ne siras. »

Mizèro debarèc ; quand arribèc au pèd de la hauo, estec mèro.

Alavets, sa hemno i dissec :

— Monsieur saint Pierre, je viens pour que vous me fassiez conseiller.

— Retourne-t'en, tu le seras. »

Misère descendit ; quand il arriva au pied de la fève, il fut conseiller.

Alors, sa femme lui dit :

« Maintenant, il le faut demander d'être maire. »

Misère remonta le long de la fève, et il retrouva saint Pierre, qui lui dit :

« Eh bien ! que te manque-t-il, maintenant ?

— Monsieur saint Pierre, je viens pour que vous me fassiez maire.

— Retourne-t'en, tu le seras. »

Misère descendit ; quand il arriva au pied de la fève, il fut maire.

Alors, sa femme lui dit :

« Aro te cau demanda à sent Pèire que te mete rei
e jou reino. »

Mizèro tournèc mounta à cap-sus la hauo, e tournèc trouba sent Pèire, qu'i dissec :

« È be! que te manco encaro!

— Sent Pèire, vengui per que me metiatz rei et
ma hemno reino.

— È be! tourno-te-n', aco vous sira acourdat. »

Mizèro debarèc; quand arribèc au pèd de la hauo,
estec rei e sa hemno reino.

Alavets, sa hemno i dissec :

« Sent Pèire nous a metudes pla riches; apèi t'a
metut counselher, mèro; t'a metut rei e jou reino;
ta pla i pouderés ana demanda que te metesso
Nostre-Senhe e jou la sento Vierjo. »

« Maintenant, il te faut demander à saint Pierre
qu'il te fasse roi et qu'il me fasse, moi, reine. »

Misère remonta le long de la fève, et il retrouva
saint Pierre, qui lui dit :

« Eh bien! que te manque-t-il encore?

— Saint Pierre, je viens pour que vous me fassiez
roi et ma femme reine.

— Eh bien! retourne-t'en, cela vous sera ac-
cordé. »

Misère descendit; quand il arriva au pied de la
fève, il fut roi et sa femme reine.

Alors, sa femme lui dit :

« Saint Pierre nous a faits bien riches; puis il t'a
fait conseiller, maire; il t'a fait roi et moi reine;
aussi bien tu pourrais aller lui demander qu'il te
fasse Notre-Seigneur et qu'il me fasse, moi, la sainte
Vierge. »

Mizèro tournèc mounta à cap-sus la hauo, e tournèc trouba sent Pèire.

« Sent Pèiret, i dissec, sèu tournat vous demanda encaro caucoumet...

— Te parii que, aro, voulerés èste Nostre-Senhe e ta hemno la sento Vierjo!

— Es aco, dissec Mizèro.

— È bel tourno-te-n', so qu'as cercat troubaras. »

Mizèro tournèc debara à cap-bas la hauo; mès, à cado hèlho que debarauo, la hauo se secauo, e quand arribèc au pèd, estec pas re plus : estec e es encaro Mizèro, e toujour ne sira.

Misère remonta le long de la fève, et il retrouva saint Pierre.

« Saint Pierret, lui dit-il, je suis revenu pour vous demander encore une petite chose...

— Je parie que, maintenant, tu voudrais être Notre-Seigneur et ta femme la sainte Vierge.

— C'est ça, dit Misère.

— Eh bien! retourne-t'en, ce que tu as cherché tu trouveras. »

Misère redescendit le long de la fève; mais, à chaque feuille qu'il descendait, la fève se séchait, et quand il arriva au pied, il ne fut plus rien : il fut et il est encore Misère, et toujours il le sera.

Estèlo-d'Or e Aurelho-d'Aze

I auè, un cop, un ome e uno hemno qu'auèn uno drollo. Atchi que la hemno mouric. Alavets, l'ome se tournèc marida ; prenguec uno veuzo qu'auè tabé uno drollo.

Aquero hemnasso aimauo pas la drollo de soun ome ; toutjour la pièlhauo, li hazè hè tout dins l'oustau e li planhè le quite pa que minjauo.

Un maiti, li dissec :

« Vai-te-n' pourta les bourris au riu. »

La drollo metec les bourris dins un crièl e les pourtèc au riu. Atchi qu'en jetant les bourris, le

---

Étoile-d'Or et Oreille-d'Ane

Il y avait, une fois, un homme et une femme qui avaient une fille. Voilà que la femme mourut. Alors, l'homme se remaria ; il prit une veuve qui avait aussi une fille.

Cette méchante femme n'aimait pas la fille de son mari ; toujours elle la grondait, elle lui faisait faire tout le travail de la maison et lui plaignait jusqu'au pain qu'elle mangeait.

Un matin, elle lui dit :

« Va porter les balayures au ruisseau. »

La jeune fille mit les balayures dans un crible et les porta au ruisseau. Voilà qu'en jetant les balayures, crièl i escapèc de las mas e toumbèc dins le riu, e l'aigo le s'empourtèc.

Galoupèc sou borle dou riu e cridèc à de lauairos :

« Per la baileto de dessa, per la baileto de dela, auètz pas vist un crièlet à passa?

— Si, l'auèm vist passa, mès l'auèm pas poudut atrapa. »

Anguèc pus lènc e vezec uno auto lauairo. (Èro la sento Vièrjo). Tournèc crida :

« Per la baileto de dessa, per la baileto de dela, auètz pas vist un crièlet à passa?

— Si, l'è vist e te l'è arrestat; atchi-le, pitchouno.

— Grand mecés.

— Aro, espio so qu'è darrer l'aurelho.

— I a or e argent.

---

le crible lui échappa des mains et tomba dans le ruisseau, et l'eau l'emporta.

Elle se mit à courir sur la berge du ruisseau et cria à des laveuses :

« De la rive d'en deçà, de la rive d'en delà, n'avez-vous pas vu un crible passer?

— Si, nous l'avons vu passer, mais nous n'avons pas pu l'attraper. »

Elle alla plus loin et vit une autre laveuse. (C'était la sainte Vierge.) Elle cria de nouveau :

« De la rive d'en deçà, de la rive d'en delà, n'avez-vous pas vu un crible passer?

— Si, je l'ai vu passer et je te l'ai arrêté; le voici, petite.

— Grand merci.

— Maintenant, regarde ce que j'ai derrière l'oreille.

— Il y a or et argent.

— È be, or e argent te siègon. As dejunat, pitchouno?

— Nani, pas encaro.

— È be, veni damé jou, te harè dejuna. »

Quand la drollo estec à taulo, se prenguec uno
poumo de tèrro. Alavets, la sento Vièrjo li dissec :

« Es pas aco que te cau, pitchouno. »

E li dounèc uno quèicho de pouret.

Apèi, la menèc à la crambo de las raubetos.

« Cauzis, » i dissec.

La drollo se n' cauzic uno touto passido e touto
esquissado. Alavets, la sento Vièrjo li dissec :

« Es pas aquero que te cau, pitchouno. »

E n'i n' dounèc uno pla poulido.

Apèi, la menèc à l'estable des chabals.

« Cauzis. »

— Eh bien, or et argent te suivent. As-tu déjeuné,
petite?

— Non, pas encore.

— Eh bien, viens avec moi, je te ferai déjeuner. »

Quand la jeune fille fut à table, elle se servit une
pomme de terre. Alors, la sainte Vierge lui dit :

« Ce n'est pas cela qu'il te faut, petite. »

Et elle lui donna un cuisse de poulet.

Puis, elle la mena à la chambre des robes.

« Choisis, » lui dit-elle.

La jeune fille s'en choisit une toute fanée et toute
déchirée. Alors, la sainte Vierge lui dit :

« Ce n'est pas celle-là qu'il te faut, petite. »

Et elle lui en donna une bien jolie.

Puis, elle la mena à l'étable des chevaux.

« Choisis. »

La drollo se n' cauzic un qu'èro magre coumo uno aresto, vièlh coumo un cami, e qu'auè que tres camos. Alavets, la sento Vièrjo li dissec :

« Es pas aquet que te cau, pitchouno. »

E n'i n' dounèc un pla degourdit e pla bèt.

Apèi, i estaquèc le crièl à la cuio dou chabal, sèlat e bridat, e li dissec :

« Mounto sou chabalet, e tourno-te-n' sans te revira. Quand siras amount, au cap de la costo, leuaras le cap. »

La drollo partic, aprèp auje pla remerciat e saludat la sento Vièrjo. Quand estec au cap de la costo, leuèc le cap, e atchi qu'une poulido estèlo d'or i debarèc sou frount.

Enta-mb-eres, quand la vigon arriba de lènc, la hemno dissec :

La jeune fille s'en choisit un qui était maigre comme une arête, vieux comme un chemin, et qui n'avait que trois jambes. Alors, la sainte Vierge lui dit :

« Ce n'est pas celui-là qu'il te faut, petite. »

Et elle lui en donna un bien fringant et bien beau.

Puis, elle lui attacha le crible à la queue du cheval, sellé et bridé, et lui dit :

« Monte sur le chevalet, et va-t'en, sans jamais te retourner. Quand tu seras là-haut, au bout de la côte, tu lèveras la tête. »

La jeune fille partit, après avoir bien remercié et salué la sainte Vierge. Quand elle fut au bout de la côte, elle leva la tête, et voilà qu'une belle étoile d'or descendit sur son front.

Quand ceux de la maison la virent venir de loin, la femme dit :

« Iè! tchino es aquero poulido doumaizèlo, enla, à chabal e ta pla abilhado, damb' uno estèlo sou frount?

— Iè! es ma hilho, dissec l'ome.

— O! es pla ta hilho, tè!

— Tioc, es ero. »

I demandègon d'ount auè tirat tout aco, e i ac countèc tout.

Alavets, la hemno dissec à sa hilho :

« Tu, i aniras douma. »

L'endouma, aquesto anguèc pourta les bourris au riu. En jetant les bourris, jetèc le crièl. Cridèc à las lauairos :

« Per la baileto de dessa, per la baileto de dela, auètz pas vist un crièlet à passa?

— Si, l'auèm vist passa, mès l'auèm pas poudut atrapa. »

« Hé! quelle est cette belle demoiselle, là-bas, à cheval et si bien habillée, avec une étoile sur le front?

— Hé! c'est ma fille, dit l'homme.

— Oh! c'est bien ta fille, va!

— Oui, oui, c'est elle. »

Ils lui demandèrent d'où elle avait tiré tout cela, et elle leur raconta tout.

Alors la femme dit à sa fille :

« Toi, tu iras demain. »

Le lendemain, celle-ci alla porter les balayures au ruisseau. En jetant les balayures, elle jeta le crible. Elle cria aux laveuses :

« De la rive d'en deçà, de la rive d'en delà, n'avez-vous pas vu un crible passer?

— Si, nous l'avons vu passer, mais nous n'avons pas pu l'attraper. »

Anguèc pus lènc e vezec uno auto lauairo. Tournèc crida :

« Per la baileto de dessa, per la baileto de dela, auètz pas vist un crièlet à passa?

— Si, l'è vist e te l'è arrestat; atchi-le, pit-chouno. »

La drollo se prenguec le crièl, sans re dize.

« Aro, li dissec la sento Vièrjo, espio so qu'è darrer l'aurelho.

— I a pezoulhs e lendes.

— È be, pezoulhs e lendes te siègon. As dejunat, pitchouno?

— Nani, pas encaro.

— È be, veni damé jou, te harè dejuna. »

Quand la drollo estec à taulo, se prenguec uno quèicho de pouret. Alavets, la sento Vièrjo li dissec :

Elle alla plus loin et vit une autre laveuse. Elle cria de nouveau :

« De la rive d'en deçà, de la rive d'en delà, n'avez-vous pas vu un crible passer?

— Si, je l'ai vu passer et je te l'ai arrêté; le voici, petite. »

La jeune fille prit le crible, sans rien dire.

« Maintenant, lui dit la sainte Vierge, regarde ce que j'ai derrière l'oreille.

— Il y a lentes et poux.

— Eh bien, lentes et poux te suivent. As-tu déjeuné, petite?

— Non, pas encore.

— Eh bien, viens avec moi, je te ferai déjeuner. »

Quand la jeune fille fut à table, elle se servit une cuisse de poulet. Alors, la sainte Vierge lui dit :

« Es pas aco que te cau, à tu, pitchouno. »

E li dounèc uno poumo de tèrro.

Apèi, la menèc à la crambo de las raubetos.

« Cauzis. »

La drollo se n' cauzic uno pla poulido. Alavets, la sento Vièrjo li dissec :

« Es pas aquero que te cau, à tu, pitchouno. »

E n'i n' dounèc uno touto passido e touto esquis- sado.

Apèi, la menèc à l'estable des chabals.

« Cauzis. »

La drollo se n' cauzic un pla degourdit e pla bèt. Alavets, la sento Vièrjo li dissec :

« Es pas aquet que te cau, à tu, pitchouno. »

E li dounèc aquet qu'auè que tres camos.

« Ce n'est pas cela qu'il te faut, à toi, petite. »
Et elle lui donna une pomme de terre.
Puis, elle la mena à la chambre des robes.
« Choisis. »
La jeune fille s'en choisit une bien jolie. Alors, la sainte Vierge lui dit :
« Ce n'est pas celle-là qu'il te faut, à toi, pe- tite. »
Et elle lui en donna une toute fanée et toute dé- chirée.
Puis, elle la mena à l'étable des chevaux.
« Choisis. »
La jeune fille s'en choisit un bien fringant et bien beau. Alors, la sainte Vierge lui dit :
« Ce n'est pas celui-là qu'il te faut, à toi, pe- tite. »
Et elle lui donna celui qui n'avait que trois jambes.

Apèi, i estaquèc le crièl à la cuio dou chabal e li dissec :

« Mounto sou chabalet, e tourno-te-n' sans te revira. Quand siras amount, au cap de la costo, leuaras le cap. »

La drollo partic, sans dize grand mecés ni adissiatz. Quand estec au cap de la costo, leuèc le cap, e qu'es aco qu'i toumbèc? dios grandos aurelhos d'aze!

Enta-mb-eres, quand la vigon arriba de lènc, la hemno dissec :

« Iè! tchino es aquero sansoino, enla, sus aquero rosso de tres camos, damb' aquet cap de saumo?

— Iè! es ta hilho, dissec l'ome.

— De que! ma hilho!

— Tioc, es ero. »

Puis, elle lui attacha le crible à la queue du cheval et lui dit :

« Monte sur le chevalet, et va-t'en, sans te retourner. Quand tu seras là-haut, au bout de la côte, tu lèveras la tête. »

La jeune fille partit, sans dire merci ni saluer. Quand elle fut au bout de la côte, elle leva la tête, et qu'est-ce qui y tomba? deux grandes oreilles d'âne!

Quand ceux de la maison la virent venir de loin, la femme dit :

« Hé! quelle est cette souillon, là-bas, sur cette rosse à trois jambes, avec cette tête d'ânesse?

— Hé! c'est ta fille, dit l'homme.

— Comment! ma fille!

— Oui, oui, c'est elle. »

4

Voulegon i darriga aqueros aurelhassos, mès auegon bèt estirgounha : auré calut i darriga le cap! Calec que las se gardèsso.

D'atchi enla, aperègon la prumèro Estèlo-d'Or e la segoundo Aurelho-d'Aze.

Estèlo-d'Or se maridèc damb' un poulit jouen ome. Aurelho-d'Aze n'auzauo pas se mucha : pensatz se troubèc à se marida!

On essaya de lui arracher ces horribles oreilles, mais on eut beau tirer : il aurait fallu lui arracher la tête! Il fallut qu'elle les gardât.

A partir de là, on appela la première Etoile-d'Or et la seconde Oreille-d'Ane.

Etoile-d'Or se maria avec un beau jeune homme. Oreille-d'Ane n'osait pas se montrer : pensez si elle trouva à se marier!

Le fî Bailet

I auè, un cop, un ome que louguèc un bailet.
Le prumer jour, i dissec :
« Bailet, cau ana laura. »
Atchi que parton, cadun ambe soun parelh e soun arai, sans res prengue per minja.
Quand estec ouro de dina, le mèste dissec :
« Tchi sab, bailet, se haziam coumo tchi dino?
— Iè! mèste, dissec le bailet, dina atau nous emplenara gaire l'estoumac, mès harem coumo vèlhetz. »

Le fin Valet

Il y avait, une fois, un homme qui loua un valet.
Le premier jour, il lui dit :
« Valet, il faut aller labourer. »
Voilà qu'ils partent, chacun avec sa paire de bœufs et son araire, sans rien prendre pour dîner.
Quand vint l'heure de dîner, le maître dit :
« Qui sait, valet, si nous faisions comme qui dîne ?
— Hé! maître, dit le valet, dîner ainsi ne nous emplira guère l'estomac; mais nous ferons comme vous voudrez. »

Hasqueon dounc coumo tchi dino, apèi tournèon laura.

Mès atchi que le mèste s'apercebec qu'en laurant le bailet passauo toutjour, toutjour dins la mèmo rego, e i dissec :

« É! que hès, que hès, bailet?

— Iè! mèste, vengui de hè coumo tchi dino; aro, hèu coumo tchi lauro! »

Le se, en anguent au lhèit, l'ome dissec à sa hemno :

« Douman, le bailet anira houja la vinho : i balharas de que beue e minja. »

L'endouman, dissec au bailet :

« Bailet, te cau ana houja la vinho. Atchi as le houssoun e la biasso garnido.

— Mèste, i vau. »

Ils firent donc comme qui dîne, puis ils se remirent à labourer.

Mais voilà que le maître s'aperçut qu'en labourant le valet passait toujours, toujours dans le même sillon, et il lui dit :

« Hé! que fais-tu, que fais-tu, valet?

— Hé! maître, je viens de faire comme qui dîne; maintenant, je fais comme qui laboure! »

Le soir, en allant au lit, l'homme dit à sa femme :

« Demain, le valet ira houer la vigne. Tu lui donneras de quoi boire et de quoi manger. »

Le lendemain, il dit au valet :

« Valet, il te faut aller houer la vigne. Voilà ta houe et ta besace garnie.

— Maître, j'y vais. »

Atchi le bailet à la vinho :

> « Adiu, vinho, vinharasso.
> — Que i a dins ta coujarasso ?
> — Machanto vinadasso.
> — E dins toun sacas ?
> — Machant pan d'ordi.
> — Coucho-te, Jordi. »

Le se, quand le bailet arribèc à la bordo, le mèste i demandèc :

« È be, bailet, n'as pla hèit?

— O ! tioc, mèste, jusc' à la souqueto torto. »

L'endouman, le mèste partic auant le bailet, e vic que la vinho n'èro pas brico houjado. S'amaguèc debat la barralho, au moument ount le bailet arribao, e l'entendec que dizè :

Voilà le valet à la vigne :

> « Adieu, vigne, vignerasse.
> — Qu'y a-t-il dans ta gourde ?
> — Mauvaise piquette.
> — Et dans ton sac ?
> — Mauvais pain d'orge.
> — Couche-toi, Georges. »

Le soir, quand le valet fut de retour à la borde, le maître lui demanda :

« Eh bien, valet, en as-tu fait beaucoup ?

— Oh ! oui, maître, jusqu'à la souche torte. »

Le lendemain, le maître partit avant le valet, et vit que la vigne n'était pas houée du tout. Il se cacha sous la haie, au moment où le valet arrivait, et il l'entendit qui disait :

« Adiu, vinho, vinharasso.
— Que i a dins ta coujarasso?
— Machanto vinadasso.
— E dins toun sacas?
— Machant pan d'ordi.
— Coucho-te, Jordi. »

Le se, quand le bailet estec tournat à la bordo, le mèste i demandèc :

« È be, bailet, n'as pla hèit?

— Autant qu'azier, mèste, jusc' à la souqueto torto. »

En anguent au lhèit, l'ome dissec à sa hemno :

« Douman, te calera balha boun vin e boun pan au bailet. »

L'endouman, la mèsto i balhèc boun vin e boun pan, e atchi-le partit à la vinho.

« Adieu, vigne, vignerasse.
— Qu'y a-t-il dans ta gourde?
— Mauvaise piquette.
— Et dans ton sac?
— Mauvais pain d'orge.
— Couche-toi, Georges. »

Le soir, quand le valet fut de retour à la borde, le maître lui demanda :

« Eh bien, valet, en as-tu fait beaucoup?

— Autant qu'hier, maître, jusqu'à la souche torte. »

En allant au lit, l'homme dit à sa femme :

« Demain, il te faudra donner au valet bon vin et bon pain. »

Le lendemain, la maîtresse lui donna bon vin et bon pain, et le voilà parti pour la vigne.

« Adiu, vinho, vinharasso.
— Que i a dins ta coujarasso ?
— Boun vin.
— E dins toun sacas ?
— Boun pan de blat.
— Trabalho, goujat. »

Le se, quand le bailet arribèc à la bordo, le mèste i demandèc :

« E be, bailet, n'as pla hèit, auèi ?
— Mèste, è acabat. »

« Adieu, vigne, vignerasse.
— Qu'y a-t-il dans ta gourde ?
— Bon vin.
— Et dans ton sac ?
— Bon pain de blé.
— Travaille, goujat. »

Le soir, quand le valet fut de retour à la borde, le maître lui demanda :

« Eh bien, valet, en as-tu fait beaucoup, aujourd'hui ?
— Maître, j'ai achevé. »

La poulido Drollo e la Canho torto

I auè, un cop, un ome que se n'anguèc à l'aumoino, e troubèc pas qu'uno hauo.

Le se, demandèc retirado à-m-uno bordo, e dissec :

« Plegatz-me aquero hauo. »

I dissegon :

« Boutatz-vous-lo abarrejo aqueros que i a dins aquet sac. »

L'endouma maiti, voulec sa hauo; mès la recouneguec pas abarrejo las autos, e se boutèc à pièlha e à crida :

« Voli ma hauo ou tout le sac! »

La jolie Fille et la Chienne boiteuse

Il y avait, une fois, un homme qui s'en alla à l'aumône, et il ne rapporta qu'une fève.

Le soir, il demanda à coucher à une borde, et il dit :

« Gardez-moi cette fève. »

On lui dit :

« Mettez-la avec celles qu'il y a dans ce sac. »

Le lendemain matin, il voulut sa fève; mais il ne la reconnut pas parmi les autres, et il se mit à piailler et à crier :

« Je veux ma fève ou tout le sac. »

Tant cridèc, tant pièlhèc, qu'i dounègon tout le sac.

Le se, auec retirado à-m-uno auto bordo, e dissec :
« Plegatz-me aquet sac de hauos. »
I dissegon :
« Boutatz-vous-le dins aquet estable. »
Èro l'estable dou tessou.

L'endouma maiti, le tessou auec minjat toutos las hauos. L'ome se metec à pièlha e à crida :
« Voli mas hauos ou le tessou ! »
Tant cridèc, tant pièlhèc, qu'i dounègon le tessou.

Le se, auec retirado à-m-uno auto bordo, e dissec :
« Embarratz-me aquet tessou. »
I dissegon :
« Boutatz-vous-le dins aquet estable. »

Tant il cria, tant il piailla, qu'on lui donna tout le sac.

Le soir, il alla coucher à une autre borde, et il dit :
« Gardez moi ce sac de fèves. »
On lui dit :
« Mettez-le dans cette étable. »
C'était l'étable du cochon.

Le lendemain matin, le cochon avait mangé toutes les fèves. L'homme se mit à piailler et à crier :
« Je veux mes fèves ou le cochon ! »
Tant il cria, tant il piailla, qu'on lui donna le cochon.

Le soir, il alla coucher à une autre borde, et il dit :
« Enfermez-moi ce cochon. »
On lui dit :
« Mettez-le dans cette étable. »

Èro l'estable de la cabalo.

L'endouma maiti, la cabalo auec tiat le tessou.
L'ome se metec à pièlha e à crida :

« Voli moun tessou ou la cabalo ! »

Tant cridèc, tant pièlhèc, qu'i dounègon la cabalo.

Le se, auec retirado à-m-uno auto bordo, e dissec :

« Embarratz-me aquero cabalo. »

I dissegon :

« Boutatz-vous-lo dins aquet estable. »

L'endouma maiti, i dissegon :

« Paure ome, la goujo a voulgut mena beure vosto cabalo ; i a escapat e es toumbado dins le pouts. »

Se metec à pièlha e à crida :

« Voli ma cabalo ou la goujo ! »

Tant cridèc, tant pièlhèc, qu'i dounègon la goujo,

C'était l'étable de la jument.

Le lendemain matin, la jument avait tué le cochon.
Il se mit à piailler et à crier :

« Je veux mon cochon ou la jument ! »

Tant il cria, tant il piailla, qu'on lui donna la jument.

Le soir, il alla coucher à une autre borde, et il dit :

« Enfermez-moi cette jument. »

On lui dit :

« Mettez-la dans cette étable. »

Le lendemain matin, on lui dit :

« Pauvre homme, la servante a voulu mener boire votre jument ; la bête lui a échappé et elle est tombée dans le puits. »

Il se mit à piailler et à crier :

« Je veux ma jument ou la servante ! »

Tant il cria, tant il piailla, qu'on lui donna la serqu'èro uno poulido hilho. Se la metec dins soun sac e se n'anguèc.

Atchi qu'en mountant uno costo, pauzèc le sac, s'ajassèc dins le varat e s'endroumic. Alavets, dins le temps que droumè, tirègon la goujo dou sac e i metegon uno vièlho canho torto.

Quand noste ome se revelhèc, se tournèc mete le sac sou cot e reprenguec cami. Mès, à mièjo costo, dissec :

« Drollo, aro vas courre, que sèu las de te carroulha. »

Talèu le sac dièrbut, la canho ne sourtic, i sautèc au mourre e i empourtèc le nas. E et se metec à crida :

« Arrestatz la canho torto, que le nas m'emporto ! »

E mèi cridauo, mèi la canho courrè, e, pardi ! digun la i arrestèc pas. E et, tout en debarant la costo, dizè :

---

vante, qui était une jolie fille. Il la mit dans son sac et s'en alla.

Voilà qu'en montant une côte, il posa le sac, se coucha dans le fossé et s'endormit. Alors, pendant qu'il dormait, on tira la servante du sac et on y mit une vieille chienne boiteuse.

Quand notre homme se réveilla, il remit le sac sur son cou et reprit son chemin. Mais, à mi-côte, il dit :

« Fille, maintenant tu vas marcher, car je suis fatigué de te porter. »

Sitôt le sac ouvert, la chienne en sortit, lui sauta au visage et lui emporta le nez. Et lui se mit à crier :

« Arrêtez la chienne torte, qui le nez m'emporte ! »

Et plus il criait, plus la chienne courait, et, pardi ! personne ne l'arrêta. Et lui, tout en dévalant la côte, disait :

« D'uno hauo à-m-un sac de hauos, — d'un sac de hauos à-m-un tessou, — d'un tessou à-m-uno cabalo, — d'uno cabalo à-m-uno poulido drollo, — e d'uno poulido drollo à-m-uno canho torto que le nas m'emporto! »

« D'une fève à un sac de fèves, — d'un sac de fèves à un cochon, — d'un cochon à une jument, — d'une jument à une jolie fille, — et d'une jolie fille à une chienne torte qui le nez m'emporte! »

Le Païs des Nècis

I auè, un cop, un ome e uno hemno qu'auèn qu'uno hilho, e la voulèn pla marida.

Un dimeche, un jouen ome la venguec veze.

Quand estec ouro de vrespalha, la hemno dissec : « Vau tira vi. »

Quand estec au chai, atchi que se pensèc :

« A! coumo harem quand la drollo sira maridado? »

E se damourèc acoucoulado dauant la barrico, sans hè moument qu'auè le douzilh à la ma e que le vi s'escampauo.

Le Pays des Niais

Il y avait, une fois, un homme et une femme qui n'avaient qu'une fille, et ils auraient bien voulu la marier.

Un dimanche, un jeune homme vint la voir.

Quand arriva l'heure de goûter, la femme dit : « Je vais tirer du vin. »

Quand elle fut à la cave, voilà qu'elle songea :

« Ah! comment ferons-nous quand notre fille sera mariée? »

Et elle demeura accroupie devant la barrique, sans faire attention qu'elle avait le douzil à la main et que le vin s'écoulait.

Au cap d'un pauc, le pai dissec :

« Drollo, me cau ana veze so que ta mai hè. »

Quand estec au chai, sa hemno i dissec :

« A! moun Dius, sèu aci dempèi pla'n pauc que sousqui coumo harem quand la drollo sira maridado.

— As pla razou : sousquem-z-i toutes dus. »

Au cap d'un pauc, la hilho dissec :

« Per la fi, me cau ana veze so que hèn moun pai e ma mai. »

Quand estec au chai, i dissegon :

« A! moun Dius, pauro drollo, i a pla'n pauc que sèm aci à sousca coumo harem quand siras maridado.

— Auètz pla razou : iè! sousquem-z-i toutes tres. »

Au cap d'un pauc, le jouen ome se dissec :

Au bout de quelque temps, le père dit :

« Ma fille, il faut que j'aille voir ce que ta mère fait. »

Quand il fut à la cave, sa femme lui dit :

« Ah! mon Dieu, je suis ici depuis un bon moment à songer comment nous ferons quand notre fille sera mariée.

— Tu as bien raison : songeons-y tous les deux. »

Au bout de quelque temps, la jeune fille dit :

« A la fin, il me faut aller voir ce que font mon père et ma mère. »

Quand elle fut à la cave, ses parents lui dirent :

« Ah! mon Dieu, pauvre enfant, il y a un bon moment que nous sommes ici à songer comment nous ferons quand tu seras mariée.

— Vous avez bien raison : hé! songeons-y tous les trois. »

Au bout de quelque temps, le jeune homme se dit :

« Per la fi, me cau ana veze so que hèn aqueros gens. »

Quand estec au chai e que les vic toutes tres acoucoulats dauant la barrico dubèrto, i cridèc :

« È! que hazètz! Vous escampatz tout le vi, pauros gens!

— Iè! souscam coumo harem quand la drollo sira maridado.

— Iè be! souscatz-i pla! Jou, me n' vau, e quand aujo troubat tres nècis coumo vous-aus, tournarè en d'espouza la vosto hilho. »

E se n'anguèc.

Quand estec un pauc enla, troubèc gens autour d'uno bordo que la descaperauon per que le sourelh i drintèsso.

« È! que hazètz? i dissec.

« A la fin, il me faut aller voir ce que font ces gens. »

Quand il fut à la cave et qu'il les vit tous les trois accroupis devant la barrique ouverte, il s'écria :

« Hé! que faites-vous? Vous perdez tout votre vin, pauvres gens!

—Hé! nous songeons comment nous ferons quand notre fille sera mariée.

— Hé bien! songez-y bien! Moi, je m'en vais, et lorsque j'aurai rencontré trois niais comme vous, je reviendrai pour épouser votre fille. »

Et il s'en alla.

Quand il fut un peu loin, il rencontra des gens qui, assemblés autour d'une maison, en enlevaient le toit pour que le soleil y entrât.

« Hé! que faites-vous? leur dit-il.

— Iè! nous tourram dedins, e tiram la teulado per que le sourelh i drinte.

— Ané! ahanatz-vous pla! »

Se n'anguèc mèi enla. Troubèc gens que se mascanhauon à tira aigo d'un clot dam' un crumèt.

« È! que hazètz?

— Iè! voulèm tira aigo dou clot dam' aquet crumèt.

— Ané! ahanatz-vous pla, e, au mens, curetz pas tout le clot! »

Se n'anguèc un pauc mèi enla. Troubèc un ome que se carsinauo en d'amassa nouzes dam' uno hourco.

« È! que hazètz?

— Iè! sèu aci, i a pla'n pauc, que voli amassa

— Hé! nous gelons dans la maison, et nous enlevons le toit pour que le soleil y entre.

— Allons! hâtez-vous bien! »

Il s'en alla plus loin. Il rencontra des gens qui prenaient beaucoup de peine pour tirer de l'eau d'une mare avec une mue. »

« Hé! que faites-vous?

— Hé! nous voulons tirer de l'eau de la mare avec cette mue.

— Allons! hâtez-vous bien, et, au moins, ne videz pas toute la mare! »

Il s'en alla un peu plus loin. Il rencontra un homme qui se tourmentait en essayant de ramasser des noix avec une fourche.

« Hé! que faites-vous?

— Hé! je suis ici, il y a un bon moment, qui veux

aqueros nouzes dam' aquero hourco, e ne podi pas amassa nado.

— Ané! ahanatz-vous pla, e prenètz pacienso, l'amic, vous calera prou bèro pauzo! »

Alavets, le jouen ome dissec :

« Camini pas mèi enla : sèu au païs des nècis, tant vau que me maridi dambe ma nècio. »

---

ramasser ces noix avec cette fourche, et je ne puis en ramasser aucune.

— Allons! hâtez-vous bien, et prenez patience, l'ami, il vous faudra un assez bon moment! »

Alors le jeune homme dit :

« Je ne chemine pas plus loin : je suis au pays des niais, autant vaut-il que je me marie avec ma niaise. »

Le Janot

I auè, un cop, une hemno que n'auè qu'un drolle,
que s'aperauo Janot. Aquet drolle èro bèstio coumo
un paner.

Un jour, sa mai i dissec :

« Pitchou, vai-te n' entau mouliner me quèrre
quatre coups de harino.

— Mai, sai pas se me n' brembarè.

— Te cau dize per tout le camin : « *Quatre coups
n'i auje !* »

Quand estec un pauc lènc, le Janot troubèc de
mounde que samenauon blat, e toutjour quirdauo :

Jeannot

Il y avait, une fois, une femme qui n'avait qu'un
enfant, nommé Jeannot. Cet enfant était bête comme
un panier.

Un jour, sa mère lui dit :

« Petit, va-t'en chez le meunier me quérir quatre
boisseaux de farine.

— Mère, je ne sais pas si je m'en souviendrai.

— Il te faut dire tout le long du chemin : « *Qu'il
y en ait quatre boisseaux !* »

Quand il fut un peu loin, Jeannot rencontra des
gens qui semaient du blé, et il criait toujours :

« *Quatre coups n'i auje ! quatre coups n'i auje !*
— Que nou, inoucentas, te cau pas dize aco !
— E que me cau dize ?
— Te cau dize : « *A carretados n'i auje !* »
Pus lènc, le Janot troubèc de mounde que pour-
tauon sur uno carreto uno hemno morto, e toutos
aqueros gens plourauon, e et toutjour quirdauo :
« *A carretados n'i auje ! à carretados n'i auje !*
— Que nou, patari, te cau pas dize aco !
— E que me cau dize ?
— Te cau dize : « *Le boun Dius la ne sorte !* »
Pus lènc, le Janot troubèc un ome que negauo uno
canho, e et toutjour quirdauo :
« *Le boun Dius la ne sorte ! le boun Dius la ne sorte !*
— Que nou, quirnocho, te cau pas dize aco !

« *Qu'il y en ait quatre boisseaux ! qu'il y en ait quatre
boisseaux !*
— Que non, imbécile, il ne te faut pas dire cela !
— Et que me faut-il dire ?
— Il te faut dire : « *Qu'il y en ait à charretées !* »
Plus loin, Jeannot rencontra des gens qui portaient
sur une charrette une femme morte, et ces gens
pleuraient, et lui criait toujours :
« *Qu'il y en ait à charretées ! qu'il y en ait à char-
retées !*
— Que non, patarin, il ne te faut pas dire cela !
— Et que me faut-il dire ?
— Il te faut dire : « *Le bon Dieu la sauve !* »
Plus loin, Jeannot rencontra un homme qui noyait
une chienne, et lui criait toujours :
« *Le bon Dieu la sauve ! le bon Dieu la sauve !*
— Que non, quirnoche, il ne te faut pas dire cela !

— E que me cau dize?

— Te cau dize : « *Le boun Dius la nègue!* »

Pus lènc, le Janot troubèc uno nosso, e dauant i auè uno poulido nobio tout abilhado de blanc, e et toutjour quirdauo :

« *Le boun Dius la nègue! le boun Dius la nègue!*

— Vos te cala, pezoulhous! i dissec le nobi.

— E que me cau dize?

— Te cau dize : « *A tau toutos siosquen!* »

Atchi que, pus lènc, le Janot passèc dauant uno bordo que se brullauo, e et toutjour quirdauo :

« *A tau toutos siosquen! atau toutos siosquen!*

— Que dizes atchi, sacripandas!

— E que me cau dize?

— Te cau dize : « *Le boun Dius l'escandisque!* »

Atchi que, pus lènc, troubèc uno hemno que

— Et que me faut-il dire?

— Il te faut dire : « *Le bon Dieu la noie!* »

Plus loin, Jeannot rencontra une noce, et devant il y avait une jolie mariée tout habillée de blanc, et lui criait toujours :

« *Le bon Dieu la noie! Le bon Dieu la noie!*

— Veux-tu te taire, pouilleux! lui dit le marié.

— Et que me faut-il dire?

— Il te faut dire : « *Ainsi soient-elles toutes!* »

Voilà que, plus loin, Jeannot passa devant une maison qui brûlait, et lui criait toujours :

« *Ainsi soient-elles toutes! ainsi soient-elles toutes!*

— Que dis-tu là, grand sacripant!

— Et que me faut-il dire?

— Il te faut dire : « *Le bon Dieu l'éteigne!* »

Voilà que, plus loin, il rencontra une femme qui

voulè cauha le hour, e jamès poudè l'aluca, e et toutjour quirdauo :

« *Le boun Dius l'escandisque! le boun Dius l'escandisque!*

— O be, galapian? espèro, que vas mole! » dissec la hemno, en l'acoussant à grands cops de hourco.

Le paure Janot sauè pas mès que dize, e s'en tournèc tout ablatugat de trucs. E atchi tout so que pourtèc à l'oustau.

---

voulait chauffer le four, et jamais elle ne pouvait l'allumer, et lui criait toujours :

« *Le bon Dieu l'éteigne! le bon Dieu l'éteigne!* »

— Ah! oui, garnement? attends, tu vas moudre! » lui dit la femme, en le chassant à grands coups de fourche.

Le pauvre Jeannot ne savait plus quoi dire, et il s'en retourna tout meurtri de coups. Et voilà tout ce qu'il rapporta à la maison.

Mounhet

Atchi que le mèste vic Mounhet que i panauo de hauos.

Anguèc au haua en de le ne tira : Mounhet se n' voulec pas ana.

« A! Mounhet, te n' vos pas ana! vau quèrre le canh, que te mourdera. »

Atchi que le canh voulec pas morde Mounhet.

« A! canh, vos pas morde Mounhet! vau quèrre le loup, que t'escanara. »

Atchi que le loup voulec pas escana le canh.

Mougnet

Voilà que le maître vit Mougnet qui lui volait des fèves.

Il alla au champ de fèves pour l'en chasser : Mougnet ne voulut pas s'en aller.

« Ah! Mougnet, tu ne veux pas t'en aller! je vais chercher le chien, qui te mordra.

Voilà que le chien ne voulut pas mordre Mougnet.

« Ah! chien, tu ne veux pas mordre Mougnet! je vais chercher le loup, qui t'étranglera. »

Voilà que le loup ne voulut pas étrangler le chien.

« A! loup, vos pas escana le canh! vau quèrre la barro, que t'atucara. »

Atchi que la barro voulec pas atuca le loup.

« A! barro, vos pas atuca le loup! vau quèrre le hoc, que te flambara. »

Atchi que le hoc voulec pas flamba la barro.

« A! hoc, vos pas flamba la barro! vau quèrre l'aigo, que t'escantira. »

Atchi que l'aigo voulec pas escanti le hoc.

« A! aigo, vos pas escanti le hoc! vau quèrre les biòus, que te beuran. »

Atchi que les biòus voulegon pas beue l'aigo.

« A! biòus, voulètz pas beue l'aigo! vau quèrre las julhos, que vous julharan. »

Atchi que las julhos voulegon pas julha les biòus.

« Ah! loup, tu ne veux pas étrangler le chien! je vais chercher le bâton, qui t'assommera. »

Voilà que le bâton ne voulut pas assommer le loup.

« Ah! bâton, tu ne veux pas assommer le loup! je vais chercher le feu, qui te brûlera. »

Voilà que le feu ne voulut pas brûler le bâton.

« Ah! feu, tu ne veux pas brûler le bâton! je vais chercher l'eau, qui t'éteindra. »

Voilà que l'eau ne voulut pas éteindre le feu.

« Ah! eau, tu ne veux pas éteindre le feu! je vais chercher les bœufs, qui te boiront. »

Voilà que les bœufs ne voulurent pas boire l'eau.

« Ah! bœufs, vous ne voulez pas boire l'eau! je vais chercher les liens, qui vous lieront. »

Voilà que les liens ne voulurent pas lier les bœufs.

« A! julhos, voulètz pas julha les biòus! vau quèrre les rats, qne vous rouzigaran. »

Atchi que les rats voulegon pas rouziga las julhos.

« A! rats, voulètz pas rouziga las julhos! vau quèrre les gats, que vous minjaran. »

Atchi que les gats voulegon minja les rats. Alavets, les rats voulegon rouziga las julhos; las julhos voulegon julha les biòus; les biòus voulegon beue l'aigo; l'aigo voulec escanti le hoc; le hoc voulec flamba la barro; la barro voulec atuca le loup; le loup voulec escana le canh; le canh voulec morde Mounhet, e Mounhet voulec se n'ana dou haua.

Mès, à la fi de tout aquet rambalh, Mounhet auec le sac ple.

« Ah! liens, vous ne voulez pas lier les bœufs! je vais chercher les rats, qui vous rongeront. »

Voilà que les rats ne voulurent pas ronger les liens.

« Ah! rats, vous ne voulez pas ronger les liens! je vais chercher les chats, qui vous mangeront. »

Voilà que les chats voulurent manger les rats. Alors, les rats voulurent ronger les liens; les liens voulurent lier les bœufs; les bœufs voulurent boire l'eau; l'eau voulut éteindre le feu; le feu voulut brûler le bâton; le bâton voulut assommer le loup; le loup voulut étrangler le chien; le chien voulut mordre Mougnet, et Mougnet voulut s'en aller du champ de fèves.

Mais, à la fin de tous ces débats, Mougnet eut le sac plein.

L'Anhèlo

Quand jou èri petiteto, petito Janetoun, me hazèn garda las òulhos ambe les anhèlous.

La Roudèlo veng à passa. Le se, me manco la pus bèlo de mas anhèlos. La Roudèlo m'a panat moun anhèlo !

Me n' vau trouba la Roudèlo :

« Tournatz-me moun anhèlo.

— Te tournarè toun anhèlo que se, tu, me dounos de còco.

— N'è pas.

— Demando-ne à ta mai. »

L'Agnelle

Quand j'étais toute petite, petite Jeanneton, on me faisait garder les ouailles avec les agnelets.

La Roudelle vient à passer. Le soir, il me manque la plus belle de mes agnelles. La Roudelle m'a volé mon agnelle !

Je m'en vais trouver la Roudelle :

« Rendez-moi mon agnelle.

— Je ne te rendrai ton agnelle que si tu me donnes de la coque[1].

— Je n'en ai pas.

— Demandes-en à ta mère. »

1. Gâteau.

Me n' vau trouba ma mai :

« Dounatz-me de còco.

— Te dounarè de còco que se, tu, me dounos de lèit.

— De tchino lèit?

— Lèit de vaco. »

Me n' vau trouba la vaco :

« Douno-me de lèit.

— Te dounarè de lèit que se, tu, me dounos de hen.

— De tchin hen?

— Hen de prat. »

Me n' vau trouba le prat :

« Douno-me de hen.

— Te dounarè de hen que se, tu, me dounos de dalho.

Je m'en vais trouver ma mère :

« Donnez-moi de la coque.

— Je ne te donnerai de la coque que si tu me donnes du lait.

— De quel lait?

— Lait de vache. »

Je m'en vais trouver la vache :

« Donne-moi du lait.

— Je ne te donnerai du lait que si tu me donnes du foin.

— De quel foin?

— Foin de pré. »

Je m'en vais trouver le pré :

« Donne-moi du foin.

— Je ne te donnerai du foin que si tu me donnes de la daille[1].

1. Faux.

— De tchino dalho ?
— Dalho de haure. »
Me n' vau trouba le haure :
« Douno-me de dalho.
— Te dounarè de dalho que se, tu, me dounos de lard.
— De tchin lard ?
— Lard de porc. »
Me n' vau trouba le porc :
« Douno-me de lard.
— Te dounarè de lard que se, tu, me dounos d'agland.
— De tchino agland ?
— Dou casse blanc. »
Me n' vau trouba le casse blanc :
« Douno-me d'agland.

— De quelle daille ?
— Daille de forgeron. »
Je m'en vais trouver le forgeron.
« Donne-moi de la daille.
— Je ne te donnerai de la daille que si tu me donnes du lard.
— De quel lard ?
— Lard de porc. »
Je m'en vais trouver le porc :
« Donne-moi du lard.
— Je ne te donnerai du lard que si tu me donnes du gland.
— De quel gland ?
— Du chêne blanc. »
Je m'en vais trouver le chêne blanc :
« Donne-moi du gland.

— Te dounarè d'agland que se, tu, me dounos de
vent.

— De tchin vent?

— Vent de la mar. »

Me n' vau trouba la mar :

« Douno-me de vent.

— Te dounarè de vent que se, tu, me dounos
d'estèlos.

— De tchinos estèlos?

— Estèlos dou cèu. »

È dit au cèu :

« Douno-me d'estèlos.

— Tioc, pastourèlo. »

Le cèu m'estèlo, estèli la mar; — la mar m'en-
vento, enventi le casse; — le casse m'englando,
englandi le porc; — le porc m'enlardo, enlardi le

— Je ne te donnerai du gland que si tu me donnes
du vent.

— De quel vent?

— Vent de la mer. »

Je m'en vais trouver la mer :

« Donne-moi du vent.

— Je ne te donnerai du vent que si tu me donnes
des étoiles.

— De quelles étoiles?

— Etoiles du ciel. »

J'ai dit au ciel :

« Donne-moi des étoiles.

— Oui, pastourelle. »

Le ciel m'étoile, j'étoile la mer; — la mer m'envente, j'envente le chêne; — le chêne m'englande,
j'englande le porc; — le porc m'enlarde, j'enlarde

haure ; — le haure m'endalho, endalhi le prat ; — le prat m'enneno, ennèni la vaco ; — la vaco m'enlèito, enleiti ma mai ; — ma mai m'encòco, encòqui la Roudèlo, — e la Roudèlo m'a tournat moun anhèlo.

---

le forgeron ; — le forgeron m'endaille, j'endaille le pré ; — le pré m'enfène, j'enfène la vache ; — la vache m'enlaite, j'enlaite ma mère ; — ma mère m'encoque, j'encoque la Roudelle, — et la Roudelle m'a rendu mon agnelle.

Las Mauparados dou Loup

I auè, un cop, un loup que la talent auè hèit sourti dou bosc. Troubèc une hemno que pourtauo un saji, e i dissec :

« Hemno, douno-me aquet saji. »

La hemno i dissec :

« Loup, es trop rance per tu. »

Le loup se n'anguèc pus enla. Troubèc uno cabalo, e i dissec :

« Cabalo, douno-me toun pouri. »

La cabalo i dissec :

« Loup, me manco un fèr : se vos me le mete, te dounarè le pouri. »

Les Mésaventures du Loup

Il y avait, une fois, un loup que la faim avait fait sortir du bois. Il rencontra une femme qui portait une panne de porc, et lui dit :

« Femme, donne-moi cette panne de porc. »

La femme lui dit :

« Loup, elle est trop rance pour toi. »

Il alla plus loin. Il rencontra une jument, et lui dit :

« Jument, donne-moi ton poulain. »

La jument lui dit :

« Loup, il me manque un fer : si tu veux me le mettre, je te donnerai mon poulain. »

En so que le loup plantauo les clauèts, la cabalo
i fiquèc un cop de pèd, le metec à pratchiu.

Se n'anguèc pus enla. Troubèc moutous. Dissec à
l'òulho :

« Òulho, douno-me un anhèt. »

L'òulho i dissec :

« Cau que m'adjudos à arpenta aquet prat; apèi, te
dounarè un anhèt. »

En so que le loup arpentauo le prat, atchi que les
moutous se fiquègon sur et e, à grands cops de caps,
manquègon de le tia.

Se n'anguèc pus enla. Troubèc uno cairèlo, e i dissec :

« Cairèlo, douno-me un de tous tessous. »

La cairèlo i dissec :

« Loup, mous tessous soun pas encaro batejats;
les cau bateja, apèi te n' dounarè un. »

Pendant que le loup plantait les clous, la jument
lui lança un coup de pied qui l'étendit par terre.

Il alla plus loin. Il rencontra un troupeau de moutons. Il dit à la brebis :

« Brebis, donne-moi un de tes agneaux. »

La brebis lui dit :

« Loup, il faut que tu m'aides à arpenter ce pré;
ensuite, je te donnerai un de mes agneaux. »

Pendant que le loup arpentait le pré, voilà que les
moutons se jetèrent sur lui et, à grands coups de
tête, faillirent le tuer.

Il alla plus loin. Il rencontra une truie, et lui dit :

« Truie, donne-moi un de tes porcelets. »

La truie lui dit :

« Loup, mes porcelets ne sont pas encore baptisés :
il faut les baptiser; ensuite, je t'en donnerai un. »

La cairèlo, acoumpanhado dou loup, anguèc costo un ríu per bateja les tessous ; les tessous galoupègon toutes au cop sou loup à grands cops de mourres e le fiquègon dins l'aigo ; manquèc de se nega.

Le loup s'entournèc au bosc. Sou camin, i auè un ome qu'embrancauo un casse. En tout courre, le loup dizè :

« Que sèu bèstio ! Poudiòu pla pensa qu'aquero hemno se trufauo de jou en me dize que soun saji èro trop rance ; poudiòu pla pensa qu'en ferrant la cabalo m'arribaré mauparat ; poudiòu pla pensa qu'en arpentant le prat m'arribaré mauparat ; poudiòu pla pensa qu'en batejant les tessous m'arribaré mauparat... Sèu taloment bèstio, que souètaiòu que le diables m'espoutisquès. »

La truie, accompagnée du loup, s'approcha d'un ruisseau pour baptiser les porcelets. Ceux-ci s'élancèrent tous à la fois sur le loup à grands coups de groin et le jetèrent à l'eau ; il faillit se noyer.

Le loup retourna au bois. Sur son chemin, il y avait un homme qui émondait un chêne. Tout en courant, le loup disait :

« Que je suis bête ! Je pouvais bien penser que cette femme se moquait de moi en me disant que sa panne de porc était trop rance ; je pouvais bien penser qu'en ferrant la jument il m'arriverait malheur ; je pouvais bien penser qu'en arpentant le pré il m'arriverait malheur ; je pouvais bien penser qu'en baptisant les porcelets il m'arriverait malheur... Je suis tellement bête, que je souhaiterais que le diable m'écrasât. »

En so que dizè aqueros paraulos, atchi que l'embrancaire i fiquèc sa pigasso à cap-bat le cap. Alavets, le loup se metec à hugi, camos adjudatz-me, en cridant :

« S'ac è dit, me n' dedizi! s'ac è dit, me n' dedizi! s'ac è dit me n' dedizi! »

Comme il disait ces mots, voilà que l'émondeur lui lança sa serpe à la tête. Alors le loup se mit à fuir à toutes jambes, en criant :

« Si je l'ai dit, je m'en dédis! si je l'ai dit, je m'en dédis! si je l'ai dit, je m'en dédis! »

Le Pout e le Renard

Atchi que i auè, un cop, un pout e un renard.

Le pout acassauo cauco grano d'èrbo; le renard venguec à passa.

« Adiu, pout.

— Adiu, renard.

— E pla envejo de te minja.

— O! nou, espio coumo sèu magre : te me cau decha passa per aquesto grano. »

Quand la grano d'èrbo estec acabado, le renard tournèc.

« Adiu, pout.

Le Coq et le Renard

Voilà qu'il y avait, une fois, un coq et un renard.

Le coq cherchait quelques graines d'herbe; le renard vint à passer.

« Adieu, coq.

— Adieu, renard.

— J'ai bien envie de te manger.

— Oh! non, vois comme je suis maigre : il faut que tu me laisses passer par cette graine. »

Quand la graine d'herbe fut achevée, le renard revint.

« Adieu, coq.

— Adiu, renard.

— È be, aro que sès passat per la grano d'èrbo, te vau minja.

— O! nou, sèu trop magre : te me cau decha passa per la grano de ciuado. »

Quand la grano de ciuado estec acabado, le renard tournèc.

« Adiu, pout.

— Adiu, renard.

— È be, aro que sès passat per la grano d'èrbo e per la grano de ciuado, te vau minja.

— O! nou, sèu encaro trop magre : te me cau decha passa pou gru de razi. »

Quand le gru de razi estec acabat, le renard tournèc.

« Adiu, pout.

— Adieu, renard.

— Eh bien, maintenant que tu es passé par la graine d'herbe, je vais te manger.

— Oh! non, je suis trop maigre : il faut que tu me laisses passer par la graine d'avoine. »

Quand la graine d'avoine fut achevée, le renard revint.

« Adieu, coq.

— Adieu, renard.

— Eh bien, maintenant que tu es passé par la graine d'herbe et par la graine d'avoine, je vais te manger.

— Oh! non, je suis encore trop maigre : il faut que tu me laisses passer par le grain de raisin. »

Quand le grain de raisin fut achevé, le renard revint.

« Adieu, coq.

— Adiu, renard.

— E be, aro que sès passat per la grano d'èrbo, per la grano de ciuado e pou gru de razi, te vau minja.

— O! nou, paure renard, espio coumo sèu toutjour magre : n'è qu'osses, plumos e bèc.

— Per tchino grano vos passa dounc encaro?

— Iè! n'i a plus nado!

— Pout, cantes trop : es per aco que sès magre, e pou sigu magre damouraras. A prepaus, pout, cantes pla, mès me brembi qne toun pai cantauo milhou que tu; es belèu per so que clucauo les èlhs en de canta... Parii que, tu, saberés pas canta en clucant les èlhs. »

Alavets, atchi que le pout se cluquèc, e anauo canta; mès, d'un saut, le renard l'atrapèc e le s'empourtèc.

— Adieu, renard.

— Eh bien, maintenant que tu es passé par la graine d'herbe, par la graine d'avoine et par le grain de raisin, je vais te manger.

— Oh! non, pauvre renard, vois comme je suis toujours maigre : je n'ai qu'os, plumes et bec.

— Par quelle graine veux-tu donc encore passer?

— Hé! il n'y en a plus aucune!

— Coq, tu chantes trop : c'est pour cela que tu es maigre, et sûrement maigre tu resteras. A propos, coq, tu chantes bien, mais je me souviens que ton père chantait mieux que toi; c'est peut-être parce qu'il clignait les yeux pour chanter... Je parie que, toi, tu ne saurais pas chanter en clignant les yeux. »

Alors, voilà que le coq cligna les yeux, et il allait chanter; mais, d'un saut, le renard le saisit et l'emporta.

Atchi que de pastres le vigon à passa dam' le pout à las dents, e se metegon à crida :

« Le renard à las poulos ! le renard à las poulos ! »

Le pout i dissec :

« Iè ! digo-z-i : « Que vous fout aco à vous-aus ? »

Le renard badèc en de crida as pastres : « Que vous fout aco à vous-aus ? » e le pout i escapèc e voulèc sur un casse.

« Pout, dissec le renard, un aute cop, tournarè pas parla sans bezoun.

— E jou, renard, tournarè pas cluca sans auje soums. »

Voilà que des pâtres le virent passer avec le coq aux dents, et ils se mirent à crier :

« Le renard aux poules ! le renard aux poules ! »

Le coq lui dit :

« Hé ! réponds-leur : « Qu'est-ce que cela vous fait ? »

Le renard ouvrit la gueule pour crier aux pâtres : « Qu'est-ce que cela vous fait ? » et le coq lui échappa et vola sur un chêne.

« Coq, dit le renard, une autre fois, je ne reviendrai pas parler sans besoin.

— Et moi, renard, je ne reviendrai pas cligner les yeux sans avoir sommeil. »

La Mandro

le Cassaire e l'Ome que hazè sinnes

I auè, un cop, uno mandro qu'èro acoussado per un cassaire. Troubèc un ome que laurauo e i dissec :

« Me vau amaga aci, dins aqueste bartas. Diras pas res?

— Nou, nou; pos èste tranquillo. »

Le cassaire arribèc, e dissec au lauraire :

« Auètz pas visto uno mandro à passa?

— Nou, » dissec l'ome.

Le Renard

le Chasseur et l'Homme qui faisait des signes

Il y avait, une fois, un renard qui était poursuivi par un chasseur. Il rencontra un homme qui labourait et lui dit :

« Je vais me cacher ici, dans ce hallier. Tu ne diras rien?

— Non, non; tu peux être tranquille. »

Le chasseur arriva, et demanda au laboureur :

« N'avez-vous pas vu passer un renard!

— Non, » répondit l'homme.

Mès, en dize aco, hazè sinnes dam' le digt, per mucha au cassaire ount la mandro s'èro estujado.

Urouzoment per la mandro, le cassaire coumprenguec pas e countunhèc soun cami.

Quand estec horo de visto :

« Vezes, mandroto, dissec l'ome, n'è pas dit res.

— Nou, dissec la mandro, mès hazès sinnes que me hazèn pas gaire plazé! »

Mais, en disant cela, il faisait des signes avec le doigt pour montrer au chasseur l'endroit où s'était caché le renard.

Heureusement pour le renard, le chasseur ne comprit pas et continua son chemin.

Quand il fut loin :

« Tu vois, ami renard, dit l'homme, je n'ai rien dit.

— Non, dit le renard, mais tu faisais des signes qui ne me plaisaient guère! »

Le Loup, la Crabo e les Craboutets

Atchi qu'uno crabo auè dus craboutets. Cado maiti, se n'anauo pèiche, e, en partint, dizè as craboutets :

« Craboutets, barratz pla la porto, e dierbetz à digun qu'à jou. Per que me recouncguetz, vous mucharè la pato blanco e vous dirè : « Craboutets, dierbètz-me, que vous porti broust au cap de las cournetos e lèit au cap de las poupetos. »

Un jour, le loup, qu'escoutauo costo la porto, l'entendec.

Quand la crabo estec partido, se fretèc la pato de

Le Loup, la Chèvre et les Chevreaux

Voilà qu'une chèvre avait deux chevreaux. Chaque matin, elle s'en allait paître, et, en partant, elle disait aux chevreaux :

« Biquets, fermez bien la porte, et n'ouvrez à personne qu'à moi. Afin que vous me reconnaissiez, je vous montrerai la patte blanche et je vous dirai : « Biquets, ouvrez-moi; je vous apporte des ramelets au bout de mes cornettes et du lait au bout de mes poupettes[1]. »

Un jour, le loup, qui écoutait près de la porte, l'entendit.

Lorsque la chèvre fut partie, il se frotta la patte

1. *Poupeto*, diminutif de *poupo* = mamelle.

cauzeno, anguèc à la porto, muchèc sa pato blanco e dissec :

« Craboutets, dierbètz-me, que vous porti broust au cap de las cournetos e lèit au cap de las poupetos. »

Un des craboutets dissec :

« Es pas ma mai. »

Mès l'aute dissec :

« Es ma mai. »

E dierbec.

Le loup drintèc e se minjèc les craboutets toutes vius.

Quand la crabo tournèc, vezec la porto dubèrto e troubèc pas nat craboutet.

Alavets, hasquec le tour de la bordo, e atchi qu'aperceuec le loup ajassat au pèd dou palher.

---

avec de la chaux, alla à la porte, frappa, montra sa patte blanche et dit :

« Biquets, ouvrez-moi ; je vous apporte des ramelets au bout de mes cornettes et du lait au bout de mes poupettes. »

L'un des chevreaux dit :

« Ce n'est pas ma mère. »

Mais l'autre dit :

« C'est ma mère. »

Et il ouvrit.

Le loup entra, et mangea les chevreaux tout vivants.

Lorsque la chèvre revint, elle vit la porte ouverte et ne trouva pas ses chevreaux.

Alors, elle fit le tour de la maison, et voilà qu'elle aperçut le loup couché au pied de la meule de paille.

« Adiu, loup.

— Adiu, crabo.

— As dejunat, tu, loup?

— Tioc, crabo, mès ta pla me passaiòu encaro un boun talhou per las dents.

— Sàbes pas so que nous cau hè, loup?

— Nou, crabo.

— Nous cau penja le pairol au carmalher e harem uno bravo milhasso. »

E atchi que hasquegon la milhasso.

Quand estec coito, sa dissec la crabo :

« Tasto sau, tu, loup. »

— Tasto sau, tu, crabo.

— Nou, tasto sau, tu, loup. »

Au moument ount le loup anauo tasta sau, la

« Adieu, loup.

— Adieu, chèvre.

— As-tu déjeuné, loup?

— Oui, chèvre, mais aussi bien je me passerais encore un bon morceau par les dents.

— Tu ne sais pas ce qu'il faut faire, loup?

— Non, chèvre.

— Il nous faut pendre le chaudron à la crémaillère et nous ferons une bonne *milhasse*. »

Et voilà qu'ils firent la *milhasse*.

Quand elle fut cuite, la chèvre dit :

« Goûtes-y, loup, pour voir si elle est assez salée.

— Goûtes-y, toi, chèvre.

— Non, goûtes-y, toi, loup. »

Au moment où le loup allait goûter à la *milhasse,*

crabo i passèc per darrer dam' las cornos e le has~
quec capucha dins le pairol.

« Loup, torno-me mous craboutets! torno-me
mous craboutets! »

A grands cops de cornos, le deventrèc, e dou
ventre de la malo bèstio atchi que sourtigon encaro
vius les dus craboutets.

---

la chèvre le souleva par derrière avec les cornes et
le fit tomber, tête en bas, dans le chaudron.

« Loup, rends-moi mes chevreaux! rends-moi mes
chevreaux! »

A grands coups de cornes, elle l'éventra, et du
ventre de la male bête voilà que sortirent encore
vivants les deux biquets.

L'Iòu de Cabalo

Atchi que i auè, un cop, un Auvernha que se n'anguèc à-m-uno fièro.

Dins uno carrèro, i auè un ome que vendè coujos, e aquet Auvernha i demandèc :

« Qu'es aco que vendètz atchi?

— Soun d'iòus de cabalo.

— D'iòus de cabalo, fouchtra! E quant ne voulètz?

— Cincanto francs de cadun.

— Dounatz-me n'un.

— Atchi l'auètz.

— Atchi auètz l'argent. E me poudeiatz pas dize coumo s'i cau prengue en de hè nèiche le pouri?

L'Œuf de Jument

Voilà qu'il y avait, une fois, un Auvergnat qui s'en alla à une foire.

Dans une rue, il y avait un homme qui vendait des citrouilles, et cet Auvergnat lui demanda :

« Qu'est-ce que c'est que vous vendez là?

— Ce sont des œufs de jument.

— Des œufs de jument, fouchtra! Et combien en voulez-vous?

— Cinquante francs de chacun.

— Donnez-m'en un.

— Le voilà.

— Voilà l'argent. Et ne pourriez-vous pas me dire comment il faut s'y prendre pour faire naître le poulain?

— Si, si; aco, ac saberetz sans que vous n' coste re; aci coumo vous cau hè : vous cau coua l'iòu quinze jours cadun damé vosto hemno. »

L'Auvernha s'entournèc pla countent.

Couèc quinze jours l'iòu de cabalo, sa hemno le couèc autes quinze jours; mès atchi que jamèi nèichè pas le pouri. Que hè? L'ome tournèc coua quatre ou cinc jours. Per la fi, n'èro las, e dissec à la hemno :

« Tourno coua, tu tabé; aro, pou sigu, pod gaire tarda d'espeli... »

La hemno tournèc coua autes quatre ou cinc jours; mès jamèi nèichè pas le pouri.

« Praube ome, dissec la hemno, auras pla ficat cincanto francs dins l'aigo! Pou sigu, t'an vendut un iòu couat.

— Si, si; cela, vous le saurez sans qu'il vous en coûte rien; voici comment il vous faut faire : il vous faut, vous et votre femme, couver l'œuf quinze jours chacun. »

L'Auvergnat s'en retourna bien content.

Il couva quinze jours l'œuf de jument, sa femme le couva autres quinze jours; mais voilà que jamais ne naissait le poulain. Que faire? L'homme se remit à couver quatre ou cinq jours. A la fin, il en était fatigué, et il dit à sa femme :

« Reviens couver, toi aussi; maintenant, pour sûr, il ne peut guère tarder à éclore... »

La femme recouva autres quatre ou cinq jours; mais jamais ne naissait le poulain.

« Pauvre homme, dit la femme, tu auras bien jeté cinquante francs dans l'eau! Pour sûr, on t'a vendu un œuf couvi.

— Ac cau sabé, fouchtra! e s'es vertat, ac pagaran!
Anam ac veze, s'es couat. »

Alavets, le preng e le lanso à cap-bat un grand
tapet. Atchi qu'en redoulant la coujo trabuquèc
à-m-un casse e se crebèc. Au pèd dou casse, i auè le
jas de la lèbre : pensatz se hasquec leua la lèbre!

« Iè! garo, sa dits la hemno, iè! garo qu'es nèichut
le pouri! »

E se metec à le crida-le :

« Petit! petit! petit! »

E l'ome s'i lansèc à l'adarrer en cridant :

« Ra! ra! ra! pourinet! ra! ra! ra! pourinet! »

Tric! trac!
Moun counte es acabat.
Aci planti un broc
Per un aute cop.

— Il faut le savoir, fouchtra! et si c'est vrai, on le
payera! Nous allons le voir, s'il est couvi. »

Alors, il le prend et le lance sur le penchant d'un
grand tertre. Voilà qu'en roulant la citrouille heurta
un chêne et s'écrasa. Au pied du chêne, il y avait le
gîte du lièvre : pensez si elle fit lever le lièvre!

« Hé! regarde, dit la femme, hé! regarde : il est
né, le poulain! »

Et elle se mit à l'appeler :

« Petit! petit! petit! »

Et l'homme s'élança à sa poursuite en criant :

« Ra! ra! ra! poulinet! ra! ra! ra! poulinet! »

Tric! trac!
Mon conte est achevé.
Ici je plante une épine
Pour une autre fois.

TABLE

AVEC INDICATION DES CONTEURS

CONTES

ACHEVÉ D'IMPRIMER

LE XXXI JUILLET MCMXIV

PAR

L'IMPRIMERIE COOPÉRATIVE

3, AVENUE GAMBETTA

MONTAUBAN

Vu :

Le Commissaire responsable,

ANDRÉ FONTAINE.